돌이 아직 새였을 때

SEOUL, 2006

돌이 아직 새였을 때

초판 제1쇄 발행일 2006년 8월 1일
초판 제7쇄 발행일 2018년 11월 20일
지은이 마르야레나 렘브케 옮긴이 김영진
발행인 이원주 발행처 (주)시공사
주소 서울시 서초구 사임당로 82
전화 영업 2046-2800 편집 2046-2821~4
인터넷 홈페이지 www.sigongsa.com

ISBN 978-89-527-4648-1 43850
ISBN 978-89-527-5572-8 (세트)

*홈페이지 회원으로 가입하시면 다양한 혜택이 주어집니다.
*잘못 만들어진 책은 구입하신 서점에서 바꾸어 드립니다.

돌이 아직 새였을 때

마르야레나 렘브케 글 | 김영진 옮김

시공사

마티, 하이키, 투오모, 소니아, 사쿠
그리고 페카를 위해

1

내게는 '돌이 새였다.'고 생각하는 동생이 한 명 있었다. 그 애 이름은 페카였다.

내게는 페카 말고도 여동생 한 명을 비롯해 동생들이 많았는데, 그 애들은 저마다 개성과 독특함을 지니고 있었다. 나는 동생들의 성격을 잘 파악하고 있었고 어떤 성격이든 거의 다 좋아했다. 하지만 그 가운데에서도 페카의 개성과 특이함을 가장 좋아했다.

페카는 태어날 때부터 특이했다.

엄마는 다른 형제들은 아무 어려움 없이 낳았다. 기껏해야 남들도 다 겪는 진통을 조금 겪었을 뿐이다. 그런데 페카를 낳을 때는 의사가 엄마의 배를 갈라야 했다. 사람들은 이것을 '제왕' 절개라고 부른다. 또 다른 형제들은 태어난 지 며칠 만에 모두 집으로 왔는데 페카는 헬싱키에 있는 '라스텐린나'로 보내졌다. '라스텐린나'는 핀란드 말로 '어린이 궁전'이라는 뜻이다.

'제왕'이니 '어린이 궁전'이니 하는 말은 우리에게 굉장히 신비스럽게 다가왔다. 우리는 머릿속으로 아이들만 사는 궁전을 그려 보았다. 그 궁전에는 딸기처럼 빨간 실크 드레스를 입은 어린 공주들과 이끼처럼 푸른 벨벳 바지에 진짜 진주알이 반짝이는 하얀 조끼를 받쳐 입은 어린 왕자들이 살고 있을 것 같았다. 천사처럼 곱슬거리는 그들의 머리 위에는 앙증맞은 왕관이 얹혀 있을 테고, 궁전 안 기다란 식탁 위에는 세상에서 가장 맛있는 음식들, 예를 들어 링곤베리(핀란드에서 순록 구이의 주요 소스로 쓰이는 과일 : 옮긴이) 소스를 곁들인 순록 등심 구이와 작은 감자 로제트(으깬 감자를 짤주머니에 넣고 짜서 모양을 낸 뒤 오븐에 구워 낸 요리 : 옮긴이) 그리고 생크림을 얹은 황금빛 클라우드베리와 캐러멜 케이크 같은 후식이 잔뜩 차려져 있을 게 분명했다.

그릇은 모두 얇은 도자기로 되어 있고, 크리스털 유리잔은 반짝반짝 빛나고, 포크와 칼은 순금일 것이다.

그리고 방마다 지붕을 얹은 침대가 있고, 아이들은 밤이 되면 침대 맡에 걸터앉은 요정들이 읽어 주는 재미있는 이야기를 들으며 잠들 거라는 게 나와 내 형제들의 생각이었다.

물론 그 궁전에는 '제왕' 절개로 태어난 아이들만 들어갈 수 있다고 우리는 믿었다.

아빠가 제왕 절개는 아기를 낳을 때 문제가 생기거나 뱃속에 있는 아기가 너무 허약해서 보통 방법으로는 나오지 못할 때만 하는 거라고, 그리고 '어린이 궁전'은 아주 많이 아픈 아이들이 가는 병원이라고 설명해 주었다. 하지만 우리는 머릿속에서 '제왕'과 '궁전'이라는 두 단어에서 풍기는 동화적인 이미지를 도저히 지울 수 없었다. 그 때문에 우리는 페카가 아주 특별한 아이라고 굳게 믿었다.

페카를 놔두고 혼자 집에 돌아온 엄마는 무척 슬퍼했다. 엄마는 어느 정도 시간이 지난 뒤에야 페카가 왜 곧장 핀란드의 수도 헬싱키에 있는 소아 병원으로 보내졌는지 설명해 주었다.

페카는 손가락과 발가락이 붙어 있어서 수술을 받아야 했고, 머리도 비딱했단다. 아니, 내 말은 얼굴이 일그러졌다는 게 아니라 정말로 머리가 어깨에 비딱하게 붙어 있었다는 뜻이다. 그리고 눈도 조금 이상했다고 했다.

내가 물었다.

"아기가 어떻게 생겼어요?"

그러자 엄마가 대답했다.

"어떻게 생기긴 뭐가 어떻게 생겨? 그냥 올챙이 같았지!"

2

페카는 2년 동안 어린이 궁전에 살면서 몇 번이나 수술을 받았다. 페카가 그곳을 떠날 때는 벌써 걷기 시작한 뒤였다. 하지만 집에 와서는 걸으려고 하지 않았다. 대신 손과 발로 바닥을 기어 다녔다.

엄마가 그 이유를 설명해 주었다.

"우선 새 바닥에 익숙해져야 해서 그래."

우리는 계속해서 페카를 일으켜 세웠지만 페카는 절대 걸음을 떼지 않았다. 붙잡아 주는 사람이 없으면 번번이 바닥에 주저앉아 버렸다. 그러고는 커다란 눈으로 우리를 올려다보며 미소를 지었다. 꼭 '난 여기가 편해.'라고 말하는 것 같았다.

또 페카는 어린이 궁전에서는 말을 했다는데 집에서는 입을 열지 않았다. 울 때도 소리를 내지 않았다. 입을 꼭 다문 채 왕방울 같은 두 눈에서 눈물만 샘솟았다.

페카가 늘 네 발로 기어 다녔기 때문에 가장 위협을 느낀 것은 우리 집 고양이였다. 고양이는 페카를 적으로 오해했다. 고양이가 등을 구부리며 거친 숨을 몰아쉬면 우리는 페카가 고양이한테 긁히지 않도록 바짝 긴장해야 했다.

할머니가 요리를 할 때면 고양이는 고기나 소시지, 생선 조각 따위를 얻어먹을 수 있을까 싶어 부엌을 어슬렁거렸다. 그런 것들은 실수로 바닥에 떨어지기도 했고 가끔은 할머니가 던져 주기도 했다. 그런데 페카 역시 그런 것들을 먼저 주워 먹으려고 해서 고양이의 화를 돋웠다. 한번은 꽤 큼직한 고기 조각이 떨어졌는데 페카가 그것을 먼저 주워 입속에 날름 집어넣었다. 하지만 막 삼키려는 순간, 고기가 페카의 목구멍에 걸리고 말았다. 페카는 숨을 쉴 수 없었다. 엄마가 페카의 다리를 잡고 거꾸로 들어 올린 뒤 등을 두드렸지만 고기 조각은 목구멍에 박혀 나오지 않았다. 페카의 얼굴이 시퍼렇게 변하기 시작했다.

다급해진 엄마가 소리를 질러 댔다.

"레나, 레나! 페카가 죽을 것 같아!"

나는 구급차를 불렀고 페카는 요란한 사이렌 소리와 함께 다시 병원으로 실려 갔다.

하지만 이번에는 궁전이 아니라 우리 도시에 있는 평범한 작은 병원이었다.

의사들이 고기 조각을 빼냈고 엄마는 그날로 페카를 다시 집으로 데리고 올 수 있었다.

하지만 그 사건이 있은 뒤 페카는 기어 다니는 일에 신물이 났는지 두 발로 일어섰다. 그리고 "페카!" 하고 외치더니 걷기 시작했다.

아빠가 애정이 가득 담긴 목소리로 외쳤다.

"아이고, 우리 작은 원숭이가 드디어 뒷발로 일어섰구나!"

그때부터 페카는 말도 하기 시작했다. 우리는 페카의 발음이 너무나도 불분명해서 처음에는 뭐라고 하는지 도무지 알아들을 수 없었다. 하지만 발음은 곧 좋아졌고, 지금은 아주 가끔 그 애의 말뜻을 알아듣지 못할 때가 있을 뿐이다.

페카는 큰 눈망울로 우리를 쳐다보며 우리가 이제껏 한 번도 들어 보지 못한 이야기들을 늘어놓았다. 페카의 머리는 여전히 작은 어깨 위에 비딱하게 얹혀 있었는데, 그래서인지 페카가 우리랑 이야기할 때는 어딘가 다른 곳을 보고 있는 것 같았다. 페카는 눈도 사시였다. 그리고 어떨 때는 멍청한 아이처럼 행동했고, 어떨 때는 아주 총명한 아이처럼 굴었다. 그래서 우리는 페카가 바보인지, 아니면 그 애가 우리를 바보로 여기는 건지 도무지 분간할 수가 없었다.

❖

우리는 페카를 사랑했다. 그리고 페카는 우리를 사랑했다.

하지만 페카가 사랑하는 것은 우리 가족뿐만이 아니었다. 페카는 모든 사람과 모든 사물을, 문자 그대로 세상의 모든 창조물을 다 사랑했다. 우리 집에 손님이 오면 페카는 손님 앞에 앉아 얼굴을 빤히 들여다보다가 불쑥 이렇게 말했다.

"사랑해요."

그러면 당황해하는 손님도 있었고, 우쭐해하며 좋아하는 손님도 있었다. 그 사람들은 페카가 모든 손님에게 그렇게 말한다는 사실을 몰랐기 때문이다. 페카는 또 자기가 앉는 의자를 사랑했다. 자기 침대와 양말과 양탄자와 할머니의 앞치마도 사랑했고, 엄마의 냄새와 아빠의 수염도 사랑했다.

야외에 나가면 페카는 곧잘 이런 말을 했다.

"난 숲을 사랑해. 난 자작나무를 사랑해. 전나무랑 소나무도 사랑해. 그 나무들은 향이 좋으니까. 그리고 나는 꽃도 사랑해. 꽃은 빨갛고, 파랗고, 노랗고, 알록달록하니까. 풀은 초록이라서 사랑하고, 버섯은 머리에 모자를 쓰고 있어서 사랑해. 나는 다람쥐랑 개구리랑 애벌레도 사랑해. 하지만 내가 진짜 진짜 사랑하는 것은 새랑 돌이야. 왜냐하면 돌도 옛날엔 새였거든."

그러면 우리는 이렇게 대꾸했다.

"그래, 그래, 이제 그만 해, 페카! 그건 우리도 알고 있으니까."

페카가 물었다.

"어, 돌이 옛날에 새였다는 말, 누구한테 들었어?"

"네가 그랬잖아!"

우리는 입을 모아 합창한 뒤 고개를 절레절레 내저으며 큰 소리로 웃었다.

페카는 동화를 사랑했다. 나는 페카에게 동화책을 자주 읽어 주었고 가끔은 이야기를 지어내 들려주기도 했다. 대부분 내가 알고 있는 이야기를 조금 바꾼 것뿐이었다. 나는 마법에 걸린 개구리가 아름다운 공주의 입맞춤 덕에 다시 왕자가 되는 이야기를 내 식으로 바꾸어 페카에게 들려주었다.

"옛날 옛날에 궁전에서 태어난 개구리 한 마리가 있었어. 그 궁전에는 개구리들이 아주 많았는데, 개구리들은 하루 종일 개굴개굴 슬프게 울면서 이리저리 뛰어다녔어. 왜냐하면 궁전 안에는 공주가 단 한 명도 없었거든. 궁전에는 임금님만 한 명 있었는데, 그 임금님은 머리에 왕관 한 번 써 보지 못한 작고 쭈글쭈글한 사람이었어. 당연히 딸을 낳지도 못했지. 작고 못생긴 왕은 슬퍼하는 작은 개구리들을 달래려고 날마다 이렇게 말했어. '개구리들아, 내일이면 아주 아리따운 공주가 와서 너희들에게 입을 맞춰 줄 거야.'

하지만 공주는 절대 나타나지 않았어. 오늘도 오지 않고, 내일도 오지 않고, 그다음 날도, 또 그다음 날에도 오지 않았지. 얼마 뒤 끝없는 기다림과 허무한 약속에 지친 개구리들은 궁전을 떠나 직접 공주를 찾으러 가기로 결정했어. 개구리들은 궁전을 에워싸고 있는 연못을 뛰어넘어 바깥세상으로 나갔어. 공주를 찾으려고 말이야. 바깥세상으로 나간 개구리들은 그제야 세상이 아름답다는 사실을 알게 되었어. 작은 개구리들이 살 수 있는 연못도 많고, 그 주위는 아름다운 꽃들 천지고, 햇살도 따뜻했거든. 그래서 개구리들은 공주 따위는 까맣게 잊은 채 돌 위에 앉아서 기뻐하며 개골개골 노래를 불렀대."

"하지만 돌은 돌이 아니라 새잖아! 언젠가는 그 자리를 떠나 개구리들을 날개에 태우고 하늘로 날아갈 텐데."

하지만 페카는 이내 고개를 끄덕이며 이렇게 덧붙였다.

"하긴, 개구리가 돌 위에 앉아서 돌이 날아가기를 기다리는 것도 나쁘진 않을 거야.”

그때 투오모가 페카를 놀리기 시작했다.

“흠, 그러면 이제 우리도 우리 집 개구리한테 뽀뽀 안 해 줘도 되겠는걸. 계속 개구리로 남고 싶다면 말이야!”

페카가 아리송한 대답을 던졌다.

“내가 계속 개구리일 필요는 없어. 다른 가능성도 많으니까.”

페카는 늘 다른 가능성이 있다는 걸 알고 있었다. 다 함께 블루베리를 따러 갈 때도 그랬다. 몇 시간 뒤 다들 바구니를 꽉 채워 집에 가려고 보면 페카의 바구니는 텅 비어 있기 일쑤였다. 대신 페카의 입술과 혀가 시퍼렜다.

내가 페카에게 “이런 게으름뱅이! 너, 블루베리를 먹기만 했구나.”라고 말하면 페카는 이렇게 대답했다.

“응. 난 이제 배가 불러. 그러니까 집에선 먹지 않을 거야. 블루베리 케이크도 먹지 않을 거고. 그러니까 누나나 형들이 딴 블루베리를 나한테 나눠 주지 않아도 돼. 약속해!”

난로에 땔 나뭇가지를 주우러 숲에 갈 때도 마찬가지였다. 우리는 나뭇가지를 줍다가 마지막에는 반드시 페카를 찾아

다녀야 했다.

우리가 야단치면 페카는 천연덕스럽게 대답했다.

"나 때문에 걱정할 필요 없어. 누나랑 형들이 날 못 찾으면 난 그냥 아무 돌에나 앉아서 그 돌이 새가 될 때까지 기다릴 거야. 그러면 집까지 날아갈 수 있으니까."

3

페카한테는 언제나 변명거리가 있었지만 단 한 가지, 학교에 가는 것만큼은 예외였다. 다른 모든 아이들처럼 페카도 학교에 가야 했다.

페카가 입학하기 하루 전날, 나는 엄마, 아빠에게 말했다.

"전 벌써 상상이 돼요. 내일 페카가 환하게 웃으면서 집에 돌아와 뭐라고 할지 말이에요. 아마 '난 선생님을 사랑해요, 난 학교 건물을 사랑해요, 내 의자와 반 친구들도 사랑해요.'라고 할걸요."

아빠가 조금 걱정스러운 목소리로 대꾸했다.

"제발 그래야 할 텐데 말이다."

엄마가 덧붙였다.

"모든 애들이 자기를 사랑하는 것은 아니라는 사실에 실망하지 말아야 할 텐데."

내가 대꾸했다.

"아니에요, 다들 페카를 사랑할 거예요! 페카는 사랑하지 않을 수 없는 애라고요."

그날 나는 수업을 끝내고 오후가 돼서야 집에 돌아왔다. 페카는 벌써 학교에서 와 있었다. 내가 물었다.

"어땠니?"

페카의 눈에 당장 닭똥 같은 눈물이 그렁그렁 맺히더니 노인네처럼 한숨을 내쉬며 입을 열었다.

"사람들이 날 사랑하는지 잘 모르겠어."

나는 페카를 달랬다.

"사람들이 널 아직 잘 모르잖아. 두고 봐, 다들 널 사랑하게 될 테니까."

"하지만 나도 그 사람들을 모르는걸? 그래도 난 벌써 그 사람들을 다 사랑한다고."

나는 페카의 손을 꼭 쥐며 대답했다.

"그래, 그래. 넌 사랑에 대해서는 세계 챔피언이잖아. 하지만 사람들이 다 너처럼 될 수는 없어."

페카가 웃음을 터뜨렸다.

"챔피언이 뭐야? 챔피언은 뭐든 다 할 수 있는 거야? 세계는 또 뭐고? 세계가 할 수 있는 게 뭔데? 누나는 알아?"

나는 답을 몰라 고개를 저었다.

나는 페카가 던져 대는 질문에 단 한 번도 제대로 대답해 줄 수 없었다. 내가 아는 것이 많고 더 똑똑했다 해도 그 애의 질문에 대답할 수 없었을 것이다. 페카는 그 누구도 제대로 대답할 수 없는 질문을 던지곤 했으니까.

하느님이 있다면 왜 사람들한테 모습을 드러내지 않는 거야? 하늘은 어디부터 어디까지야? 사람들은 왜 때로는 기쁘고 때로는 슬픈 거야? 사랑은 어디서 오는 거야? 왜 기쁜 거지? 사람은 왜 죽어야 해?

우리는 페카가 던지는 이상한 질문과 그 애의 생김새 때문에 페카의 학교생활이 순조롭지 못하리라는 것을 알았다.

엄마가 투오모에게 페카가 친구들을 사귀기 전까지 운동장에서 페카를 잘 돌보라고 부탁했다.

투오모는 그러겠다고 약속했다. 그러면서 페카한테 쓸 만

한 조언 몇 가지를 해 주었다.

"누가 너한테 가까이 다가오면 아무 소리 말고 그냥 '뭐야?'라고만 해. 알았지?"

페카가 물었다.

"얼마나 가까이 왔을 때 물어야 해?"

"애들이 널 밀치거나 놀리거나 웃음거리로 만들게 내버려 두면 안 돼! 알아들어? 넌 어린이 궁전에서 너무 오래 살아서 다른 애들이랑은 다르단 말이야."

페카가 또 물었다.

"지금 내가 왕자라는 거야?"

투오모가 웃으면서 대답했다.

"아니, 넌 개구리야! 언젠가는 왕자로 변할 수 있을지 모르지만. 하지만 다른 애들은 널 개구리라고 부르면 안 돼. 그건 나만 할 수 있는 말이야. 알았지?"

페카가 고개를 끄덕였다.

다음 날 투오모는 자기가 쉬는 시간마다 친구들과 함께 페카를 보호한 덕에 아무 문제도 없었다며 우쭐거렸다. 투오모와 친구들은 페카를 빙 둘러싸서는 아무도 페카 가까이에 오지 못하게 했다는 것이다.

그 말을 들은 엄마가 말했다.

"하지만 그건 좋은 방법이 아닌 것 같구나. 애들이 페카한테 말도 못 걸고 함께 놀지도 못하면 페카는 친구를 사귈 수 없잖니?"

아빠도 엄마의 말에 맞장구쳤다.

"그래, 페카가 알아서 하게 내버려 두려무나. 페카는 혼자서도 해낼 수 있을 거야."

어느 날 페카가 친구 한 명을 데리고 집에 왔다. 페카가 그 친구를 소개했다.

"얜 내 친구 야코예요. 난 야코를 사랑해요."

페카는 야코의 어깨를 툭툭 두드리더니 의자를 갖다 주며 말했다.

"여기 앉아. 네 집처럼 편하게 있어도 돼."

야코가 조심스럽게 의자에 앉자 페카는 바로 맞은편에 앉아서 사랑에 빠진 사람처럼 커다란 눈으로 야코를 뚫어져라 바라보았다. 야코는 가엾게도 의자에 가만히 앉아 어찌할 바를 모르고 쩔쩔맸다. 야코는 페카랑 같이 놀려고 따라왔던 거니까.

하지만 페카는 노는 것을 싫어했다. 노는 것은 재미가 없다고 했다. 페카는 이야기를 나누거나, 혼자 이야기를 늘어

놓거나, 가만히 사람을 바라보고 있는 것을 좋아했다. 하지만 누군가 몇 시간씩이나 자기만 바라보고 있는 것을 좋아할 사람은 아무도 없었다. 특히 일곱 살짜리 꼬마는 더 그랬다. 야코는 얼마 안 있어 집에 가 버렸다.

페카가 말했다.

"난 야코한테 아무 잘못도 하지 않았어. 그냥 가만히 있었는걸."

우리는 바로 그게 잘못이었고, 그래서 야코가 가 버린 거라고 페카에게 설명해 주었다. 야코랑 같이 축구를 하거나 보드 게임, 아니면 하다못해 책이라도 같이 봤어야 했다고 말이다.

그러자 페카는 이렇게 대꾸했다.

"엄마랑 아빠는 손님들이랑 축구를 하지 않는데도 그 사람들은 계속 찾아오잖아."

"그거야 그분들은 어른이니까 그렇지. 어른들은 이야기를 나누기 때문에 굳이 뭘 하면서 놀 필요가 없어."

"나도 이야기할 수 있어. 안 그래도 내가 막 이야기를 시작하려는 참이었는데 야코가 가 버렸다고."

그러자 옆에 있던 오스카리가 끼어들었다.

"그리고 또 하나, 아무한테나 대뜸 '난 널 사랑해.'라고 하면 안 돼."

"왜? 그럼 '난 널 싫어해.'라고 말해야 해?"

"그런 말도 할 필요 없어."

"그럼 무슨 말을 해?"

오스카리가 조금 짜증 섞인 목소리로 대답했다.

"어쨌거나 사랑에 대해서는 입 밖에 내는 게 아니야!"

페카는 그 뒤에도 반 친구들을 몇 명 더 데리고 왔다. 하지만 다들 한 번, 기껏해야 두 번 오고 나면 그만이었다. 그나마 그 애들은 투오모와 노는 것을 더 좋아했다.

어느 날 페카가 이번에는 여자 친구를 집에 데리고 왔다. '아날리사'라고 하는 애였다.

페카는 우쭐해서 우리에게 아날리사를 소개하더니 이렇게 덧붙였다.

"난 아날리사를 사랑해요."

놀랍게도 아날리사는 당황하거나 도와 달라는 듯한 표정으로 우리를 쳐다보지 않았다. 대신 즐거운 목소리로 대꾸했다.

"어쩌면 전 페카랑 결혼할지도 몰라요."

페카가 말했다.

"나중에요."

할머니가 장단을 맞췄다.

"그럼 참 좋겠다."

엄마도 한마디 거들었다.

"난 벌써 결혼식이 기대되는구나!"

그러자 페카가 아날리사에게 물었다.

"내가 미리 울어 줄까?"

아날리사가 고개를 끄덕이자 페카의 눈에서 눈물샘이 솟았다.

아날리사는 좋아서 박수를 치며 즐겁게 웃었다. 그러고 나서 두 아이는 웅덩이에서 개구리를 찾겠다며 숲으로 갔다. 아날리사는 자기가 공주인지 확인하기 위해 개구리에게 입을 맞춰야 했다. 아날리사는 공주가 아니었다. 그 애가 공주였다면 개구리가 왕자로 변했어야 하니까.

페카가 나중에 우리에게 말했다.

"그 앤 그냥 평범한 여자 앤가 봐. 그래도 아주 착해."

페카는 학교 이야기는 별로 하지 않았다. 우리는 투오모를 통해서 페카의 학교생활이 어떤지 가끔 들었다.

"애들이 페카를 놀려."

"애들이 페카를 괴롭혀."

"오늘 어떤 애가 페카의 발을 걸어서 넘어뜨렸어. 그러더니 이러는 거야. '조심해, 이 개구리야. 앞을 잘 보면서 걸어다니라고!' 그 앤 내가 흠씬 패 줬어."

하지만 페카는 아무 말도 하지 않았다. 페카한테는 자기를 좋아하는 아날리사가 있었으니까.

엄마가 페카의 담임 선생님을 찾아갔다. 담임 선생님은 한숨을 내쉬며 말했다.

"다른 애들하고는 너무 달라요. 반 아이들은 그 애가 무슨 말을 하는지 못 알아들어요. 그건 저도 마찬가지고요. 어떨 땐 아주 똑똑한 애처럼 말하다가 어떨 땐 지능이 좀 덜 발달한 애처럼 말하죠. 도무지 무슨 말을 하는지 감을 잡을 수가 없어요. 반 친구들은 페카를 이해하지 못하기 때문에 놀리는 거고요. 지켜보면서 그냥 좀 기다릴 수밖에요. 시간이 지나면 나아질지도 모르죠."

페카는 읽기와 쓰기를 배웠다. 셈하는 법도 배웠다. 그리고 한숨 쉬는 것도 배웠다.

"난 다른 애들을 사랑하고 싶어."

페카는 그렇게 말한 뒤 한숨을 내쉬었다.

"난 개구리야."

그러고는 또 한숨을 쉬었다.

"언제나 다른 가능성이 있는데……."

페카는 또다시 땅이 꺼져라 한숨을 쉬었다.

"돌은 나는 법을 절대 배우지 못할지도 몰라."

페카가 그렇게 말하고 한숨을 내쉬자, 이번에는 엄마와 아빠가 한숨을 쉬었다. 엄마가 중얼거렸다.

"이를 어쩌면 좋아요! 페카를 어쩌면 좋죠? 학교를 그만두게 할까요?"

아빠가 대답했다.

"뭘 가르치긴 해야 하지 않소. 머리가 나쁜 건 아니야. 그저 좀 다를 뿐이지."

페카는 다시 어린이 궁전에 입원해야 했다. 다시 한 번 목과 어깨 수술을 받기 위해서였다. 눈 수술도 받았다.

집에 돌아온 페카가 자랑스럽게 말했다.

"나도 이제 머리가 거의 똑바르게 됐어! 눈도 다른 사람 눈을 똑바로 쳐다볼 수 있게 됐고! 이제 모두들 날 사랑할 거야!"

그러고는 씩씩하게 다시 학교에 다니기 시작했다.

어느 날 학교에 갔던 페카가 일찍 집에 돌아왔다. 오후에 페카의 담임 선생님이 우리 집을 찾아왔다. 페카는 선생님이 오는 걸 보더니 숲으로 가서 숨어 버렸다.

페카의 담임 선생님이 탁자 위에 종이 한 장을 꺼내 놓으며 말했다.

"페카가 이걸 제 책상 위에 올려놓더니 그대로 나가 버렸어요."

페카가 제 공책에서 찢어 낸 종이에는 이렇게 적혀 있었다.

'돌이 새가 되면 다시 올게요.'

할머니가 페카의 담임 선생님에게 커피를 권하며 중얼거렸다.

"시간이 꽤 많이 걸리겠구려."

페카의 담임 선생님은 커피를 저으며 고개를 가로저었다.

"솔직히 말씀드려서 페카를 어떻게 다뤄야 할지 잘 모르겠어요. 애가 머리가 나쁜 건 아닌데……."

그러자 엄마가 얼른 선생님의 말을 가로채 마무리 지어 버렸다.

"아주 특별하지요!"

페카의 담임 선생님은 난감한 표정으로 고개만 끄덕였다.

엄마와 페카의 담임 선생님은 당분간 페카를 학교에 보내지 않는 데 합의했다.

엄마가 말했다.

"페카는 제 형제들한테서도 많이 배우니까요."

4

페카는 집에 머무르는 동안 가끔씩 여동생 소니아랑 놀았다. 소니아는 다섯 살이라 아직 학교에 다니지 않았다.

페카는 소니아를 웃게 하려고 애썼다.

"한번 웃어 봐!"

소니아가 도리질을 치면 페카는 이렇게 말하곤 했다.

"안 웃으면 즐거워질 수 없단 말이야."

하지만 소니아는 아주 심각한 아이였다. 확실한 이유가 없으면 절대 웃지 않았는데, 문제는 소니아에겐 웃을 이유가 별로 없다는 거였다. 툭하면 잡아당기며 못살게 구는 오빠들 등쌀에 괴로웠을 것이다. 하지만 그런 소니아조차 페카를 진심으로 좋아했고, 그 애를 웃게 만들 수 있는 사람이 있다면 그 사람은 당연히 페카였다. 물론 언제나 성공한다고 장담할 수는 없었지만 말이다.

❖

집에 있게 된 페카는 낮에 식탁 앞에 앉아서 창밖을 바라보는 일이 많아졌다. 언젠가 내가 뭘 하냐고 묻자 페카는 이렇게 대답했다.

"생각. 새들이 뭘 하는지 생각하고 있었어. 허공에는 아무것도 없는데 새들은 그래도 그걸 날개로 밀어내면서 공중에 떠 있어. 그래서 행복한가 봐."

"꼭 날 수 있어야 행복한 건 아니야."

"맞아. 다른 가능성도 있지."

페카는 그 다른 가능성들을 찾아냈다. 페카는 다시 기분이 좋아져 바깥에서 뛰어다녔고, 숲과 나무와 꽃과 풀들에게 애정을 쏟았다. 그러고는 다시 집 안으로 들어와 제 의자와 침대, 양말, 할머니의 앞치마에 사랑을 고백했다.

"나는 구름을 사랑해! 안에서 보는 구름, 밖에서 보는 구름 모두 다!"

페카는 그렇게 소리 지르고는 하늘에 떠 있는 구름을 감상하기 위해 부엌에서 마당으로 뛰쳐나갔다. 그러고는 또 금세

다시 들어와 이번에는 창문에서 구름을 살펴보았다.

엄마가 물었다.

"저렇게 천진난만한 애는 나중에 뭐가 될까요?"

아빠가 대답했다.

"글쎄……."

그러자 할머니가 말했다.

"그거야 나중에 두고 보면 알 테지. 어쨌거나 지금은 우리한테 이렇게 큰 기쁨을 주려고 이 세상에 살고 있는 것 같구나."

페카는 투오모의 교과서를 읽었는데, 특별히 종교 교과서에 큰 감명을 받은 것 같았다. 페카가 내게 물었다.

"투오모 형 책에는 아주 멋진 이야기가 나와. 누나도 그렇게 멋진 책 가지고 있어?"

나는 김나지움(초등학교를 졸업한 뒤 진학하는 인문계 중등학교 : 옮긴이) 2학년 때 쓰던 생물 책을 페카에게 주었다.

며칠 뒤 페카는 내게 자기가 그린 그림 한 장을 내밀었다. 거기에는 커다란 원이 그려져 있었고, 그 주위에는 원뿔들이 삐죽삐죽 튀어나와 있었다. 원뿔들 사이에는 동물들이 누워 있고, 꽃들이 자라고, 사람들이 서 있었다. 커다란 원 위로는 그고 작은 새 여러 마리와 엄청 큰 새 한 마리가 날아다녔다.

페카가 내게 물었다.

"뭔지 알겠어?"

나는 약간 머뭇거리며 대답했다.

"응. 우리가 사는 이 세계를 그린 것 같은데. 지구랑 사람들이랑 동물, 식물 그리고 지구 주위에 하늘도 펼쳐져 있고. 하지만 해랑 달이랑 별은 없네?"

페카가 그 이유를 설명했다.

"아직 낮인지 밤인지 정해지지 않아서 그래. 이건 그냥 맨 처음을 그린 거거든. 여기 이 커다란 새 보여? 이 새가 바로 하느님이야. 하느님은 지금 막 나는 법을 다시 배웠어. 그리고 다른 돌들도 다시 새가 됐어. 하지만 아직 다는 아니야."

내가 물었다.

"하느님이 왜 새야?"

"새가 아님 뭐겠어? 하느님은 날 줄 알아야 하잖아. 아주 큰 돌이었는데 지금 다시 나는 법을 배운 거야."

"글쎄, 난 잘 모르겠다. 하느님은 인간이랑 비슷하게 생긴 줄 알았는데."

"그럴 리 없어."

페카의 대답에 할머니가 끼어들었다.

"그래, 새가 우리들의 하느님이란 말이지. 그리 나쁘지 않은 생각인데? 그러면 인간 세상을 다 내려다볼 수 있을 테니 말이야."

할머니는 우리가 앉아 있는 식탁 앞에 앉더니 페카가 그린 그림을 살펴보기 시작했다. 할머니가 페카에게 물었다.

"여기 지구 주위에 삐죽삐죽 튀어나와 있는 이 고깔들은 뭐니? 산이니?"

"그건 화산들이에요."

"네가 화산을 어떻게 아니? 핀란드에는 화산이 없는데."

"책에 나와 있어요. 책에는 핀란드에 없는 꽃도 나오고, 핀란드에 살지 않는 동물도 나와요. 화산도 책에 있어요. 책에는 다른 가능성들이 나와요."

할머니가 페카의 머리를 쓰다듬으며 말했다.

"그래, 그래. 네 말이 옳은 것 같구나. 어쩌면 네게도 이 세상에서 다른 가능성이 있을지 모르겠다."

페카는 꿈꾸는 듯한 미소를 지으며 대답했다.

"분명히 그럴 거예요."

그러고 나서 페카는 새의 화석 사진이 나와 있는 책장을 펼쳤다.

페카는 의기양양해서 내 앞에 책을 내밀며 손가락으로 사진을 가리켰다.

"이거 봐, 누나. 내 말이 맞지? 책에는 심지어 막 새로 변하려고 하는 돌 사진도 있어."

페카는 그 사진을 보며 아주 즐거워했다. 돌이 정말로 새가 될 수 있다는 증거를 찾아냈다고 믿는 것 같았다. 나는 페카에게 그 사진 속의 새들이 아주 아주 오래전에 날기를 그만두었으며 다시는 날지 않을 거라는 말을 하지 않았다.

어떤 사실을 낱낱이 알기보다는 그냥 모르는 채 행복해하는 것이 때로는 더 낫다는 생각이 들었기 때문에.

며칠 뒤 페카가 말했다.

"아날리사를 꼭 만나야겠어. 다른 친구들도 그렇고!"

다음 날 아침부터 페카는 다시 학교에 가기 시작했다.

5

투오모가 말했다.

"페카는 도무지 대들 줄을 몰라. 오늘은 어땠는지 알아? 어떤 남자 애가 페카 앞으로 다가오더니 주먹을 쳐들면서 시비를 걸더라고. '우리 권투 한번 해 볼까?' 하면서. 그랬더니 페카는 도망도 치지 않고 그냥 이렇게 말하는 거야. '날 때리지 않는 게 좋을 거야. 난 받아치지 않을 거니까.'"

내가 물었다.

"그래서 어떻게 됐어?"

"어떻게 되긴, 뭐. 그 녀석, 맥이 빠졌는지 그냥 딴 데로 가 버렸이."

페카의 학교생활은 순탄치 않았다. 하지만 페카가 우물에 빠진 뒤부터는 사정이 달라졌다.

학교 뒤 공터에는 지은 지 오래돼 다 무너져 가는 나무 집 한 채가 서 있었다. 페카가 빠진 우물은 그 집 앞에 있었다. 학교 수업을 마친 아이들은 곧잘 거기 가서 숨바꼭질을 하며 놀았다.

페카도 아이들을 따라 그곳에 갔던 모양이다. 술래가 정해지자 아이들이 숨을 곳을 찾아 우르르 흩어졌다. 우물 옆에 서 있던 페카는 누군가 미는 바람에 우물 속에 빠지고 말았다. 우물은 말라 있었고 아주 깊지도 않았지만, 우물 바닥에는 쇠로 된 무거운 우물 뚜껑 일부가 떨어져 있었다. 페카는 쇳덩어리에 이마를 부딪친 채 정신을 잃고 말았다.

아이들은 잔뜩 겁을 먹었다. 자기들 힘으로는 도저히 페카를 우물에서 끌어올릴 수 없었다. 아이들 몇 명이 수위 아저씨를 데리러 급히 학교로 뛰어갔다.

수위 아저씨는 전화로 구급차를 부른 뒤 아이들과 함께 서둘러 우물로 달려왔다.

우물에서 끌어올려진 페카는 피투성이였다.

구급차는 파란 불빛을 번쩍이며 요란한 사이렌 소리와 함께 페카를 병원으로 싣고 갔다.

의사들은 페카의 상처를 꿰맨 뒤 머리에 붕대를 칭칭 감아 주었다.

페카의 담임 선생님은 화가 나서 아이들을 불러 모은 뒤 불호령을 내렸다.

"대체 누가 그랬지? 페카를 우물에 밀어 넣은 사람이 누구니?"

아이들은 모두 도리질만 쳤다. 페카를 민 아이는 감히 잘못을 고백할 용기가 없고, 다른 아이들은 정말로 누가 그랬는지 몰랐을지도 모른다.

담임 선생님이 이번에는 페카를 다그쳤다.

"페카, 네가 말해 봐! 누가 널 밀었지?"

페카가 고개를 저으며 대답했다.

"누군지 모르겠어요. 그리고 아무래도 상관없어요. 별로 아프지 않은걸요, 뭐. 어린이 궁전에서 수술을 받았을 때는 이것보다 훨씬 더 아팠어요."

그 일이 있은 뒤 페카의 학교생활은 편해졌다. 친구도 한 명 생겼다. 페카네 반에서 가장 크고 힘이 센 '율레'라는 아이로, 동급생 사이에서 대장 노릇을 하고 있었다. 율레는 우물 사건이 있은 뒤 아무도 페카를 괴롭히지 못하게 책임지고 보호했다.

투오모가 페카에게 물었다.

"널 우물에 빠뜨린 애가 율레지. 맞지?"

페카가 알쏭달쏭한 미소를 지으며 대답했다.

"글쎄, 난 모른대도. 율레는 알지도 모르지."

❖

어느 날 나는 페카의 베개 밑에서 손목시계를 발견했다.

우리 집 아이들 가운데에서 손목시계를 가진 사람은 나뿐이었다. 내 손목시계는 첫 영성체를 기념해 이모가 선물해준 거였다. 나는 그 낯선 손목시계를 가지고 페카에게 갔다.

내가 따지듯이 물었다.

"페카, 이게 뭐니?"

"손목시계!"

"그래, 그건 나도 알아. 내 말은 이 시계가 어디서 난 거냐고. 이게 왜 네 베개 밑에 들어 있지?"

"손목에 차는 걸 깜박했어."

페카는 그렇게 대답한 뒤 휘파람을 불기 시작했다. 무슨 겸연쩍은 일이 있을 때마다 나오는 버릇이었다. 물론 그런 일이 자주 있지는 않았다.

"이 시계, 어디서 났니?"

"주웠어."

"주웠다고?"

"으응."

"어디서?"

"체육관 긴 의자에 떨어져 있었어. 누가 싫증 나서 버린 줄 알았어."

벌써부터 페카의 커다란 눈에서 굉장한 눈물이 솟구치기 시작했다.

나는 약간 누그러진 목소리로 대꾸했다.

"누가 체육실에 놓고 깜빡 잊어버린 시계를 그냥 이렇게 막 집어 오면 어떡하니? 시계를 잃어버린 애가 얼마나 속상해할지 걱정도 안 돼?"

"누나는 걔가 나보다 더 불행할 것 같아?"

"네가 왜 불행한데?"

"난 시계가 없잖아."

나는 고개를 절레절레 내저으며 페카에게 시계를 주인에게 돌려주라고 했다. 그러고는 도둑질이 얼마나 나쁜지 말해 주었다. 도둑은 누구한테서도 사랑받지 못한다는 사실과 함께.

그 말은 당장 효과를 발휘했다. 모든 사람들한테 사랑받는 것은 페카에게 아주 중요했다. 페카가 물었다.

"시계 주인한테 시계를 돌려주면서 사정이야 어찌 됐건 날 꼭 좀 사랑해 달라고 말할까?"

"글쎄, 걔 시계를 방금 훔쳐 놓고선 이제 와서 '날 좀 사랑해 달라.'고 요구하는 건 무리가 아닐까? 난 잘 모르겠다."

"방금 훔친 건 아니야. 벌써 며칠 됐단 말이야. 어쩌면 걘 벌써 다 잊어버렸을지도 몰라. 게다가 정확히 말하면 훔친 것도 아니야. 난 그냥 시계가 날 따라오고 싶다기에 그러라고 했을 뿐이라고."

"어쨌거나 시계를 돌려주도록 해! 누구 건지는 아니?"

페카가 고개를 끄덕였다.

"잘됐네! 그럼 걔한테 미안하단 말도 해."

페카가 발끈해서 외쳤다.

"그럴 순 없어! 그럼 난 거짓말을 해야 한단 말이야. 난 미안하지 않은걸. 난 누구를 아프게 했을 때만 미안하단 말이야. 하지만 시계가 없어졌다고 누가 아픈 건 아니잖아. 시계가 아픈 것도 아니고."

내가 단호하게 소리쳤다.

"말은 네 마음대로 해도 좋아! 하지만 시계는 꼭 돌려줘!"

페카가 한숨을 내쉬었다.

다음 날 페카는 시계 주인에게 시계를 돌려주었으며, 미안하다는 말도 했다고 내게 말했다.

"……하지만 미안하단 말은 걔 듣기 좋으라고 했을 뿐이야. 그래야 누나가 좋아할 테니까. 하지만 난 사람들 기분 좋으라고 거짓말을 해야 하는 이유를 모르겠어."

그러면서 페카는 원망스러운 눈길로 나를 쳐다보았다.

나는 미안한 마음에 사로잡혔다. 어쩌면 내가 페카한테 그릇된 것을 가르쳤을지도 모른다는 생각이 들었다.

차라리 페카가 자기 방식대로 문제를 해결하도록 놔두는 게 더 좋지 않았을까? 그랬어도 페카는 이렇게 말하면서 분명히 시계를 돌려주었을 테니까.

"내가 네 시계를 가져갔어. 시계를 가져가 놓고서도 미안한 마음이 들지 않아서 미안해. 하지만 그래도 날 사랑해 줄 거지? 시계는 사랑이랑은 아무 상관도 없잖아!"

6

우리 집 아이들은 모두 어렸을 때 수영을 배웠다. 우리는 네다섯 살 때부터 여름이면 아빠와 함께 모터보트나 노 젓는 배를 타고 바다에 나갔다. 아빠는 바다에서 우리에게 수영을 가르쳤다.

우리들 가운데 수영을 하지 못하는 아이는 페카뿐이었다. 페카는 물을 무서워했다.

어느 더운 여름날 아빠가 한 가지 제안을 했다.

"자, 오늘은 페카가 수영을 배워 볼까?"

페카가 아빠를 바라보며 도리질을 쳤다.

아빠가 단호하게 말했다.

"싫긴 뭐가 싫어? 우리는 바닷가에 산단 말이야. 그러니까

이곳 아이들은 누구나 수영을 할 줄 알아야 해. 너도 해 보면 아주 쉽다는 걸 알 거야. 그리고 일단 수영을 배우고 나면 아주 재미있을걸."

페카가 대꾸했다.

"전 차라리 나는 걸 배울래요."

"그건 날개가 자란 뒤에 배워도 늦지 않아."

페카도 만만치 않았다.

"난 어차피 물갈퀴도 없잖아요."

엄마가 바구니에 샌드위치와 음료수를 가득 담으며, 바닷가에 가면 하루 종일 바위 위에 앉아서 먹고 마시고 일광욕만 할 것처럼 소풍에 대해 즐거운 이야기를 쏟아 놓았다.

우리는 4킬로미터를 걸어서 바다로 갔다. 엄마와 아빠가 소니아를 데리고 맨 앞에서 걸었고 할머니와 페카 그리고 나는 맨 뒤에서 걸었다. 페카는 왼손으로는 할머니 손을, 오른손으로는 내 손을 꼭 잡고 있었다.

우리는 바닷가에 도착하자마자 경치가 좋은 곳을 골라 자리를 잡았다. 엄마는 우리가 먹을 빵과 음료수에 개미들이 달려들지 못하도록 음식이 담긴 바구니를 바위 위에 올려놓았다. 우리는 바닷가 모래 위에 주저앉아서 신발부터 벗기 시작했다. 페카만 빼고.

소니아, 투오모, 오스카리는 어느새 옷을 다 벗어 버리고 바닷물 속으로 뛰어 들어가고 있었다.

할머니는 머릿수건을 벗었고, 엄마는 치마를, 아빠는 바지와 셔츠를, 그리고 나는 원피스를 벗었다. 하지만 페카는 절대 옷을 벗으려고 하지 않았다.

아빠가 말했다.

"어디 두고 보자. 이제 곧 더워서 못 견딜걸?"

아빠는 물속으로 들어가더니 먼 바다로 유유히 헤엄쳐 갔다.

바람이 거의 불지 않아 바다는 아주 잔잔했다. 순한 물결이 이따금씩 바위까지 와 닿을 때도 있었지만 대부분 그 전에 모래 속으로 스며들어 버렸다. 바닷물이 모래 속으로 스며든 곳에는 조그만 거품들이 보글거리다 사라졌다.

페카가 바다를 가리키며 내게 소리쳤다.

"누나, 저것 좀 봐!"

살랑대는 물결 위로 햇빛이 반짝였다. 마치 황금빛 새들이 바다 위에 앉아 넘실넘실 춤을 추고 있는 것처럼 보였다.

아빠가 배영으로 천천히 돌아오고 있었다. 페카가 질문을 던졌다.

"누가 아빠를 떠받치고 있는 거예요? 새들인가?"

엄마가 페카에게 설명해 주었다.

"물이 아빠를 떠받치고 있는 거야. 바닷물은 소금물이라

몸이 아주 잘 뜨거든."

페카가 중얼거렸다.

"소금은 안 보이는데……."

아빠가 우리 쪽으로 오더니 페카에게 물었다.

"자, 우리 한번 해 볼까?"

페카가 고개를 저었다.

아빠는 인내심을 보였다.

"그래, 조금 더 기다려 보자꾸나."

투오모와 오스카리가 덜덜 떨면서 물에서 나오더니 배가
고프다고 했다. 아빠가 말했다.

"페카가 수영을 배우기 전까지는 아무도 못 먹는다."

그러자 투오모와 오스카리가 페카더러 옷을 벗고 물에 발
이라도 담그라고 성화를 부렸다.

페카는 마지못해 신을 벗더니 제 발을 내려다보며 엄마에
게 물었다.

"제가 태어났을 때는 발에 물갈퀴가 있었잖아요. 손에도
있었고요. 어차피 저더러 수영을 배우라고 할 거면서 제 물
갈퀴는 왜 다 떼어 버렸어요?"

엄마가 대답했다.

"그건 물갈퀴가 아니었어. 합지증이라고 그냥 손가락, 발
가락들이 붙어 있었던 거야."

페카가 못 믿겠다는 듯이 되물었다.

"정말요?"

페카는 물가로 가서 엄지발가락을 잠깐 담갔다가 빼냈다. 그러더니 곧 얼어 죽기라도 할 듯 온몸을 부르르 떨었다.

아빠가 말했다.

"지금 아니면 영영 기회가 없을 거야."

아빠는 페카한테 다가가 머리 위로 셔츠를 벗기고 바지를 내렸다. 페카는 사시나무 떨듯 덜덜 떨었다.

아빠가 페카의 손을 잡고 바닷물 속으로 들어갔다. 물이 페카의 허리께쯤 오자 아빠는 한 손으로 페카의 가슴을 받치고, 다른 한 손으로 페카의 다리를 들어 올렸다. 페카는 아빠의 손 위에 배를 대고 누워 머리를 적시지 않으려고 기를 썼다. 아빠는 페카를 단단히 떠받치며 소리쳤다.

"이제 팔로는 물을 젓고, 다리로는 차 봐라. 겁먹지 않아도 돼. 절대 놓지 않을 테니까."

페카는 손바닥으로 물을 찰싹찰싹 때리기만 할 뿐 다리는 움직이지 않았다.

아빠가 고개를 절레절레 내저으며 말했다.

"자, 페카, 내가 하는 걸 잘 보렴."

아빠는 페카를 내려놓더니 고양이는 어떻게 하는지, 개는 어떻게 하는지, 순록은 어떻게 하는지 차례차례 시범을 보이기 시작했다.

"······그리고 개구리는 이렇게 한단다."

아빠의 말이 채 끝나기도 전에 페카가 대뜸 소리를 질렀다.

"그건 저도 할 수 있어요!"

페카는 물속으로 첨벙 뛰어들더니 그대로 사라져 버렸다. 아빠는 넋이 나간 사람처럼 조금 전까지 페카가 서 있던 자리를 멍하니 바라만 보고 있었다. 엄마가 소리를 지르기 시작했다.

"어머, 이를 어째! 페카가 물에 빠졌어!"

아빠는 잠수해서 페카를 찾아낸 뒤 우리가 있는 바위로 데리고 왔다. 바닷물을 먹은 페카는 기침을 하며 어렵게 숨을 내쉬었다. 그러면서도 웃으면서 말했다.

"난 돌이야. 그래서 수영은 못해."

오스카리가 장난을 쳤다.

"그럼 오늘은 우리 모두 굶어야겠구나."

페카가 놀라서 물었다.

"왜?"

"아빠가 네가 수영을 배울 때까지는 다들 아무것도 못 먹는다고 하셨잖아."

오스카리의 대답에 아빠가 웃으면서 샌드위치를 꺼냈다.

페카는 얼른 셔츠와 바지를 다시 입었다. 옷을 입고 있어야 마음이 놓이는 모양이었다.

우리가 음료수를 마시고, 샌드위치를 먹고, 햇살을 즐기는 동안 페카가 불쑥 말을 꺼냈다.

"나도 이제 바다에 소금이 녹아 있다는 걸 알겠어. 아마 물고기들이 울어서 그렇게 됐나 봐."

그러자 아빠도 한마디 했다.

"그래, 그리고 물고기들은 수영하기 싫으니까 우는 거고. 안 그러니?"

페카가 대꾸했다.

"하지만 물고기들은 수영을 해야 할걸요? 걔네들은 다리도 없고 날개도 없잖아요."

아빠가 말했다.

"그래. 하지만 너는 수영을 꼭 할 필요가 없지. 안 되는 건 안 되는 거니까."

페카는 결국 수영을 배우지 않았고 대신 돌 던지기를 배웠다.

돌 던지기는 페카가 가장 좋아하는 일이 되었다. 하지만 페카는 다른 아이들처럼 벽이나 수면을 향해 돌을 던지지 않았다. 나무 기둥이나 다른 돌을 맞추려고 하지도 않았다. 그냥 허공이나 이끼 덮인 언덕, 풀밭 같은 곳으로 돌을 던졌다.

나는 그 이유를 짐작할 수 있었다. 페카는 그렇게 돌을 던지면서 그 가운데 하나가 새로 변해 날아가기를 바라고 있었던 것이다.

7

우리는 하늘을 나는 새는 아주 많이 봤지만, 페카가 던지
는 돌이 날아오르는 것은 보지 못했다. 페카가 던진 돌은 늘
땅으로 떨어지고 말았다. 돌이 새로 변하는 기적을 믿는 사
람은 아무도 없었다. 우리는 대신 다른 기적이 일어나기를
바라고 있었다.

내가 어렸을 때 우리 집은 늘 돈에 쪼들렸다. 따라서 어느
날 갑자기 돈이 많이 생겼으면 하는 것은 우리 가족 모두의
소망이었다. 우리 형제들은 그런 날이 오기를 꿈꿨고, 엄마
와 아빠는 어떻게 하면 그렇게 될까 고민하면서 늘 새로운
계획을 세웠다.

어느 날 엄마와 아빠는 나와 동생들을 불러 놓고 아주 획

기적인 계획을 발표했다. 나는 그 계획을 동생들보다 먼저 귀띔해 놓고 있었다.

아빠는 그날 저녁 우리 모두에게 커피를 따라 주며 말문을 열었다. 여기서 우리 모두란 엄마와 나, 할머니 그리고 아빠, 이렇게 네 사람을 말한다.

"저기, 그러니까 말이다……."

아빠가 자리에 앉으며 같은 말을 되풀이했다.

"저기 말이야……. 그래, 본론으로 들어가자. 엄마와 나는 우리 가족의 행운을 다른 나라에서 찾기로 결정했단다. 이민을 가는 거야!"

나는 어리벙벙한 얼굴로 할머니를 바라보았다. 할머니는 어깨를 한 번 으쓱거릴 뿐이었다. 아빠가 나를 안심시켰다.

"할머니는 벌써 알고 계셔. 어떻게 된 건가 하면 말이다, 너도 알다시피 내 수입만으로는 우리 가족이 먹고살기 빠듯하잖니. 기껏해야 적자나 간신히 면하는 처지고. 그래서 늘 빚에 허덕이지. 그런데 이 나라의 단순 노동자는 도저히 자기 노동에 대한 정당한 임금을 받을 수가 없어. 그래서 노동의 대가를 제대로 받을 수 있는 나라로 가서 살려는 거야. 그런 나라들도 아직 있거든. 노동력이 모자라는 나라들이지. 우리나라에는 지금 실업자가 너무 많아. 그래서 사람들은 가리고 자시고 할 것도 없이 그냥 주어지는 일을 하지 않으면 안 되는 형편이야. 그러니 임금도 쌀 수밖에. 안타깝기는 하지만 여기 사정은 늘 그 모양이란다. 하긴 뭐, 더 적게 준다고 해도 일하겠다는 사람이 남아도는데 누가 돈을 더 쓰려고 하겠니?"

"그건 저도 알아요. 그러니까 아빠 말씀은 우리 모두 스웨덴으로 갈 거란 얘기죠?"

내가 스웨덴을 떠올린 이유는 이미 수많은 사람들이 돈을 더 많이 벌기 위해 핀란드를 떠나 이웃 나라인 스웨덴으로 갔기 때문이다. 마티 오빠도 일 년 전부터 용접공으로 스웨덴에서 일하고 있었다. 아빠도 용접공이었는데 마티 오빠는 아빠보다 돈을 더 많이 벌었다. 오빠는 이제 막 열여덟 살이고 경험도 별로 없는데 말이다.

"아니, 스웨덴이 아니란다."

아빠는 그렇게 대답한 뒤 엄마를 바라보았다. 엄마가 나를 보며 입을 열었다.

"우린 캐나다를 생각하고 있어."

"캐나다라고요? 거긴 너무 멀잖아요!"

아빠가 다시 입을 열었다.

"하지만 캐나다엔 숲도 있고, 호수도 있고, 심지어 순록도 산단다. 자연환경이 핀란드랑 아주 비슷하다는구나."

내가 대꾸했다.

"그럼 그냥 여기서 살아도 되잖아요."

"자연환경이 문제가 아니야. 너도 알면서 왜 그러니? 이모
랑 이모부도 이민 가서 아주 잘산다더라. 벌써 집도 샀고, 우
리처럼 1페니 쓰는 것도 겁이 나 몇 번씩 지갑을 열었다 닫
았다 하면서 망설이지 않아도 된대. 나도 손에 들린 게 5마
르카 동전이겠지, 했다가 겨우 1마르카짜리 동전인 걸 알고
투덜대는 일 좀 그만두고 싶구나."

"하지만 우린 집이 있잖아요."

"그것도 얼마 가지 못할 거야. 집만큼은 넘어가지 않게 하
려고 정말 엄청나게 애를 썼단다. 수많은 고비를 잘 넘긴 것
도 사실이지. 내 병치레를 비롯해서 다른 여러 고비들 말이
야. 하지만 나도 이제 더 이상은 버틸 힘이 없단다. 빚더미에
서 도저히 헤어날 수가 없어. 그래서 집을 팔지 않으면 안 되
게 됐단다. 이래저래 팔아야 해. 여기서 계속 살든, 캐나다로
이민을 가든 말이야."

내가 대답했다.

"그럼 차라리 캐나다로 가요. 여기서 또다시 이사 다니는
건 싫어요. 이 도시에는 이제 우리가 살아 보지 않은 집이 없
을 정도잖아요."

아빠가 말했다.

"말도 안 되는 소리!"

내 말이 과장된 것은 사실이었지만, 정말로 우리는 자주 이사를 다녔다. 나는 이 집으로 이사 왔을 때 이제 이사는 끝이라고 생각했다. 계속 이 도시에 살면서 보라색 우리 집이 아니라 다른 집에 산다고 생각하니 너무 마음이 아팠다. 그런 일은 상상조차 하기 싫었다.

나는 이민도 별로였고, 더욱이 멀고 먼 캐나다로 가는 것도 마음에 들지 않았다. 하지만 이민 이야기를 할수록, 그리고 지도를 보면서 낯선 고장의 이름을 발음할수록 왠지 새로운 모험에 대한 기대로 가슴이 두근거렸다.

내가 할머니를 보며 물었다.

"할머니는요? 할머니도 가는 거예요?"

할머니가 내게 되물었다.

"같이 안 가면 내가 어디로 가겠니?"

내가 큰 소리로 외쳤다.

"그럼 가요! 당장에요!"

설렘도 잠시, 캐나다 이민이 우리의 삶을 어떻게 변화시킬지가 점점 분명해지자 이민에 대한 기쁨은 다시 수그러들었다.

우리는 집과 나라만 떠나는 게 아니었다. 우리의 친구들과도 헤어져야 했다.

이민 계획을 전해 들은 오스카리는 소리를 질렀다.

"내 친구들은 다 어떡해요?"

투오모도 마찬가지였다.

"친구들은요? 유카는요? 걘 나랑 가장 친한 친구란 말이에요! 이민을 가면 우린 평생 다시는 못 볼 거예요. 그리고 개랑 고양이는요? 데리고 가는 거예요?"

엄마는 고개를 가로저었다.

페카도 도리질을 쳤다.

"내가 떠나면 아날리사는 너무 슬퍼할 거예요. 그리고 캐나다에는 율레처럼 힘센 애가 없을지도 몰라요. 그럼 누가 날 보호해 줘요?"

소니아는 아무 말도 하지 않았다. 그냥 눈을 동그랗게 뜨고 이 사람, 저 사람 얼굴만 쳐다보았다.

나는 친구 비르기트 생각을 했다. 비르기트에게 우리가 이민 갈 거라고 말하자 그 애는 이렇게 말했다.

"이제 대입 시험까지는 몇 년 안 남았잖아. 나도 시험을 보고 나서 캐나다로 갈지 누가 아니? 아니면 너희 가족이 다시 돌아오거나. 너흰 어차피 한 집에서 오래 사는 법이 없잖아."

내가 대꾸했다.

"집이야 자주 바꿨지. 하지만 캐나다는 다른 나라야. 아주 멀리 떨어져 있다고!"

엄마와 아빠는 당신 친구들과는 어떻게 되든 아무 걱정도 하지 않는 사람들처럼 보였다. 적어도 친구 이야기는 입 밖에 내지 않았다. 두 분 모두 캐나다야말로 우리 가족이 그토록 오랫동안 바라던 낙원의 땅이라고 확신하는 듯했다. 엄마와 아빠의 상상은 핀란드의 전형적인 침엽수림에 열대 야자수를 적당히 섞어 놓은 꼴이었다. 우리가 살 나무집은 궁전처럼 크고, 안은 난로처럼 훈훈했다. 정원에는 자작나무처럼 키가 크고 꽃송이가 우물 뚜껑만큼 큰 해바라기가 자라고, 집 앞에는 순한 곰들이 뛰어놀고, 집 바로 뒤에는 강이 흐르고, 강에서 헤엄치던 연어들은 저절로 알아서들 프라이팬으로 뛰어들고, 이웃집 사람들은 우리 집에 놀러 와서 커피를 마시며 우리와 몇 시간씩 수다 떠는 일 외에는 다른 할 일이 없었다.

얼마 뒤 우리는 언어가 다르다는 것이 문제라는 사실을 깨달았다.

우리 가족 가운데에서 영어를 조금 할 줄 아는 사람은 나밖에 없었다. 엄마와 아빠는 영어의 '영' 자도 몰랐고, 동생들도 마찬가지였다.

아빠가 결정을 내렸다.

"레나가 우리한테 영어를 가르치도록 해라."

그래서 우리 가족은 저녁마다 한 시간씩 부엌에 모여 앉았고, 나는 할 줄 아는 몇 가지 단어를 가르치기 시작했다.

오스카리가 장난을 쳤다.

"페카한테는 '아이 러브 유(사랑해요.).'만 가르쳐 주면 돼. 쟨 그 말만 할 줄 알면 어느 나라에서든 살아남을 애니까."

하지만 페카는 형제들 가운데에서 가장 빨리 영어 문장을 외웠다. 어떨 때는 문장의 뜻도 모르면서 나를 따라 문장을 줄줄 말해 버렸다.

소니아도 영어 단어 발음하는 걸 어려워하지 않았다.

할머니는 아예 영어를 배우려고도 하지 않았다.

"난 이제 별로 할 말이 없다. 더욱이 생판 낯선 사람들한테 무슨 할 말이 있겠니? 할 얘기가 있으면 난 그냥 너희들한테 하마. 설마 거기 갔다고 며칠 안에 모국어를 다 까먹는 건 아닐 테지?"

내가 맹세했다.

"그런 일은 절대 없을 거예요!"

그러고 나서 우리는 수업을 계속했다.

내가 오스카리에게 "와츠 유어 네임(이름이 뭐야?)?" 하고 물으면 오스카리는 "마이 네임 이즈 오스카리(난 오스카리라고 해.)."라고 대답했다. 또 내가 아빠를 가리키며 "후 이즈 디스(이분은 누구예요?)?"라고 물으면 엄마는 "히 이즈 마이 허즈번드(내 남편이에요.)."라고 말했고, 오스카리와 투오모 그리고 소니아와 페카는 "히 이즈 아워 파더(우리 아빠예요.)."라고 합창했다.

8

우편배달부가 서류가 잔뜩 든 두툼한 봉투를 가져왔다. 그
것은 아빠와 엄마가 작성해야 할 서류들이었다. 부모님은 우
리 가족의 여권을 신청했다. 우리는 건강 증명서를 발급받기
위해 의사에게 진찰도 받았다.

얼마 뒤 캐나다 대사관에서 모든 서류가 제대로 갖춰졌으
며 아무 이상이 없다는 연락이 왔다. 이제 집과 가구를 팔 차
례였다. 가구 역시 가지고 갈 수 없었기 때문이다.

오스카리와 투오모는 고양이는 여행 가방에, 개는 이삿짐
상자에 집어넣어 어떻게든 캐나다로 데리고 갈 수 있지 않을
까 하고 궁리했다. 저마다 버리고 갈 수 없는 중요한 물건이
하나씩은 있었다.

소니아는 자기 인형을 잠시도 손에서 놓지 않았다.

엄마는 편지와 서류들을 정리했는데, 그 추억의 물건들 가운데에서 진짜 중요한 것만 '엄중하게' 고르겠다고 장담했다.

"꼭 필요한 것만 추려 내야지. 거의 다 버릴 수 있을 거야."

하지만 결국에는 대부분이 우리가 가지고 가는 이삿짐 상자에 들어가고 말았다.

우리는 별 필요 없는 가구부터 팔기 시작했다. 먼저 유호 할아버지의 멋진 까만색 장롱이 팔렸다. 나는 장롱 안에 들어 있던 편지들을 가죽 여행 가방 안에 잘 넣었다. 할아버지의 편지들만큼은 꼭 가지고 가고 싶었다. 엄마의 물건이 들어 있던 자작나무 서랍 장과 전축도 팔렸다. 아빠의 낚싯대와 금속 미끼, 어망도 팔렸다. 아빠가 일부러 아무렇지 않은 것처럼 의연하게 말했다.

"낚싯대랑 금속 미끼 같은 건 캐나다에도 잔뜩 있을 거야. 캐나다 사람들은 낚시광이거든. 국제 낚시 대회에서 캐나다 사람들이 우승하는 걸 많이 봤어."

하지만 아빠의 낚시 도구를 산 동료가 자신이 그토록 보물단지 모시듯 했던 낚시 가방을 들고 가자 아빠의 얼굴에 침울함이 깃들었다.

❖

　그다음에는 우리 집에 관심이 있는 사람들이 드나들기 시작했다. 아빠는 집을 구경하러 온 사람들에게 거실과 부엌 그리고 우리 방은 물론 안방까지 보여 주었다. 아빠의 눈빛에는 괴로움이 뚜렷이 나타났고, 우리는 인상을 쓰고 우리 집을 살지도 모르는 낯선 손님들을 따라다녔다.

　한번은 아빠가 우리한테 버럭 화를 냈다.

　"너희들 왜 그렇게 만날 내 뒤를 졸졸 쫓아다니는 거니?"

　우리는 자존심이 상해서 그 일을 그만두었다. 나는 숲으로 산책을 다녔고, 마음속으로 나무와 관목들 그리고 이끼 덮인 땅에 작별 인사를 했다. 훔친 크리스마스 선물을 파묻은 곳에도 작별 인사를 했고, 여드름 대신 매끈매끈하고 예쁜 피부를 만들어 줬으면 하는 바람에 허구한 날 세수를 하던 연못과도 인사를 나누었다. 숲 속에 난 모든 길과 내가 앉아서 미래를 꿈꾸던 바위들에게도 일일이 인사했다. 섭섭한 마음이 들었다.

　숲을 산책하고 돌아올 때마다 동생들 가운데 한 명이 뛰어나오며 "이번 사람도 우리 집을 안 살 거래!" 하고 외쳤다. 그러면 나는 왠지 기뻤다.

　하지만 다른 한편으로는 자존심도 조금 상했다. 왜 우리 집이 싫다는 거지? 이렇게 예쁜 보라색 나무집이 어디 있다고! 겉멋만 잔뜩 든 사람들 같으니라고!

아빠가 말했다.

"내가 부르는 가격에 사겠다는 사람이 없구나. 사람들이 도무지 돈이 없어. 돈 있는 사람들은 당연히 더 크고 편한 집을 사려 하고. 우리 집은 고급스러운 입맛에는 맞지 않고, 소박한 사람들한테는 너무 비싸구나."

엄마가 한숨을 내쉬며 말했다.

"그럼 가격을 내리는 수밖에 없겠네요."

아빠가 대꾸했다.

"그럼 제값을 못 받는데!"

"그래도 팔긴 해야잖아요."

페카 역시 집 파는 일에는 걸림돌이 될 뿐이었다.

페카는 집을 보러 오는 사람들에게 이렇게 말했다.

"우리 집을 부디 사랑해 주세요. 전 우리 집을 사랑하거든요."

그러고는 애절한 눈물을 주르르 흘리는 바람에 집을 구경하러 왔던 사람들은 페카도, 집도, 그리고 자기들 계획도 빨리 잊어버리고 어서 떠나고 싶어 했다.

임신한 젊은 여자가 집을 보러 왔을 때는 더 가관이었다.

"우리 집은 궁전이 아니에요. 하지만 전 아주 큰 집에서 살아 봤어요. 어린이 궁전이라는 곳이었어요. 진짜 성탑도 있고, 방도 얼마나 많았는지 몰라요. 아줌마도 꼭 한 번 보셔야 해요. 혹시 아픈 애가 태어나면 꼭 어린이 궁전으로 데리고 가세요."

우리 집 개 무스티도 얼마 전부터 낯선 사람들이 찾아오면 요란스레 짖어 대기 시작했다. 할머니는 할머니대로 집 보러 오는 사람들이 도둑이라도 되는 것처럼 기분 나쁜 시선을 던졌다.

하지만 그 모든 것은 헛수고였다.

아빠는 집 살 사람을 찾고야 말았다. 우리 집을 사겠다고 나선 사람은 집뿐만 아니라 아직 남아 있는 가구들도 죄다 사겠다고 했다. 침대, 책상, 의자, 옷장 등등 우리가 가지고 갈 수 없는 모든 것을 살 준비가 되어 있었다. 화물 수송비가 비쌌기 때문에 우리는 캐나다로 물건을 많이 가지고 갈 수 없었다. 엄마가 우리를 위로했다.

"가서 다 새로 사면 돼. 아주 근사할 거야. 두고 보렴!"

여행과 보험에 대한 열기와 기대감이 다시금 우리 가족을 휘감았다. 특히 거실 바닥에 대형 캐나다 지도를 펼쳐 놓고 앉아 오타와, 몬트리올, 빅토리아, 토론토, 핼리팩스, 퀘벡, 리자이나 등의 이름을 보고 있으면 더욱 그랬다.

페카가 소리쳤다.

"난 리자이나로 가고 싶어요. 왠지 거기 가면 커다란 바위랑 돌이 많을 것 같아요."

소니아가 맞장구를 쳤다.

"리자이나! 나도 리자이나로 갈래. 내 인형도 가지고 갈 거야. 할머니랑 공도."

오스카리도 소리를 질렀다.

"난 핼리팩스로 가고 싶어! 핼리팩스에는 분명히 인디언들이 살 거야. 곰이랑 늑대도!"

투오모 역시 지지 않았다.

"난 퀘벡! 퀘퀘거리는 게 왠지 마음에 든단 말이야."

내가 말했다.

"거기 가면 프랑스 어를 써야 해."

그러자 페카가 겁도 없이 말했다.

"배우면 되지, 뭐. 어렵지 않을 거야."

그때 아빠가 끼어들었다.

"우리 마음대로 아무 데나 갈 수 있는 게 아니란다. 외국인 근로자 조직 위원회에서 우리가 갈 곳을 정해 줄 거야. 내 노동력이 필요한 곳으로 보내지는 거지. 하지만 아무래도 상관

없어. 지금 당장은 이름밖에 모르지만, 핀란드랑 비슷한 나라라면 어디든 다 아름다울 테니까."

내가 말했다.

"캐나다에서 자리를 잡으면 전 꼭 미국 여행을 가고 싶어요. 로키 산맥도 보고 싶고, 가능하면 뉴욕에도 가 보고 싶어요."

"난 알래스카에 연어 낚시를 하러 갈 거야. 암, 꼭 가고말고!"

아빠는 알래스카에서 자기를 기다리고 있을 연어를 생각하며 기쁨에 들떠 눈빛을 반짝였다.

오스카리도 꿈이 있었다.

"난 금을 캘 거야!"

투오모도 소리쳤다.

"난 곰 사냥을 할 거야!"

할머니가 말했다.

"난 그만 잠이나 자러 가련다. 나야 여기서나 거기서나 같은 일을 할 테니까. 너희들 머리에 열이 좀 식으면 배들이 고플 테지. 그럼 그때 내가 배를 채워 주마."

9

우리는 출국 날짜를 통보받기만을 기다렸다.

서류가 제대로 갖춰졌다는 연락을 받았는데도 여전히 더 작성해야 할 서류들이 집으로 날아왔다. 가끔 아빠에게 설명해 달라는 전화가 걸려 오는 경우도 있었다. 우리는 점점 초조해졌다.

우리는 친구들에게 어느 정도 작별 인사를 한 상태였다.

물론 페카만큼 야단스럽게 작별 인사를 한 사람은 아무도 없었다. 페카는 자기 반 아이들 모두와 일일이 악수를 나누며 인사했다.

"안녕. 난 곧 캐나다로 떠날 거야. 몇 년 뒤에 다시 보자. 꼭 몇 년 뒤가 아니더라도 우리 아빠가 부자가 되면 그때 봐.

그런 일은 확실히 얼마가 걸린다고 아무도 장담하지 못하거든."

어쨌거나 우리의 기다림은 한없이 지속되었다. 그러던 어느 날 무역 대표부에서 보낸 편지 한 통이 날아들었다. 약 3개월 뒤에 떠날 수 있다는 내용이었다.

모든 사람들과 작별 인사를 벌써 다 나눈 상태에서 3개월이란 아주 긴 시간이었다. 그때만큼 우리 집에 찾아오는 손님이 드문 적은 단 한 번도 없었다. 친구들과 이웃들은 우리가 떠나기도 전에 우리를 벌써 다 잊어버린 것 같았다.

또다시 우리 가족만 덜렁 남겨진 어느 날 저녁, 내가 분통을 터뜨렸다.

"남들이 우리를 얼마나 하찮게 여기는지 이제야 알 것 같아요."

내 친구 비르기트를 비롯해 엄마나 아빠의 친구들, 투오모의 친구 유카, 오스카리의 그 수많은 친구들 그리고 심지어 그토록 변함없던 아날리사까지 코빼기조차 보이지 않았다.

아빠가 말했다.

"레나, 그건 괜한 트집이야. 사람들은 우리랑 작별 인사를 벌써 나눴기 때문에 '이제 저 사람들은 떠날 사람들' 하고 마음의 정리를 한 것뿐이야. 우리가 일단 캐나다로 가면 사람들이 다시 우리 생각을 할 거야. 두고 보렴. 캐나다로 놀러 오지는 못하겠지만 편지는 쓸 테니까. 지금 우리는 고향이 없는 사람들처럼 조금 붕 떠 있는 상태야. 여기에 속한 것도 아니고, 저기에 속한 것도 아닌 상태라고."

나는 아빠의 말을 곧이곧대로 믿지 않았지만 그냥 입을 다물어 버렸다. 캐나다로 가 보면 사람들이 우리를 어떻게 생각하는지 알게 될 테지.

우리는 계속 영어 공부를 했고, 물론 학교도 계속 다녔다. 페카는 친구들과 일일이 악수를 나눴기 때문에 더 이상 학교에 가지 않겠다고 떼를 썼지만 소용없는 일이었다.

우리는 번번이 같은 질문을 받았다.

"너희 대체 언제 떠나니?"

드디어 정확한 출국 날짜와 여행 경로가 적힌 편지가 도착했다.

우리는 다시 캐나다 지도를 펼쳐 놓고 손가락으로 짚어 가며 눈 여행부터 했다. 아빠가 일할 도시는 '다트머스'로 해안가에 자리 잡고 있었다.

우리 입에서 커다란 함성이 터져 나왔다.

"바닷가야, 바닷가. 대서양에 있다고!"

특히 오스카리는 마치 제 덕에 우리가 특별히 그곳으로 가게 된 것처럼 우쭐해서 소리쳤다.

"헬리팩스 근처야!"

❖

마티 오빠가 작별 인사를 하기 위해 스웨덴에서 왔다.

오빠의 커다란 자동차가 앞마당에 들어섰다. 오빠는 차에서 내리면서 건넛집 창문을 바라보았다. 눈이 휘둥그레진 이웃집 사람이 창가에서 오빠의 자동차를 내다보고 있었기 때문인지도 몰랐다.

우리는 오빠를 껴안으며 오빠의 자동차를 놀랍게 여겼다.

그것은 미제 차로 폭이 넓고, 길이가 길고, 오래돼 보였다.

마티 오빠가 보닛(자동차 엔진이 있는 앞부분의 덮개 : 옮긴이)을 두드리며 자랑스럽게 말했다.

"스웨덴에서는 다들 이런 차를 타고 다녀."

오스카리가 관심을 보였다.

"빨리 달려?"

"당연하지! 하지만 속도가 문제가 아니야. 일단 멋지잖아? 공간도 넓고, 한마디로 근사하지. 스웨덴에서는 젊은이들 사이에서 이런 미제 자동차가 인기야. 도로도 여기보다 넓으니까. 거긴 이런 자동차들이 달릴 만하다고."

아빠가 물었다.

"기름은 얼마나 먹니?"

"뭐, 제 덩치만큼 먹어요."

우리는 녹색 자동차 색깔과 상표에 대해 좀 더 이야기를 나눴다. 마티 오빠가 말했다.

"엘비스도 뷰익을 탔어. 손잡이랑 계기판이 모두 황금으로 된 캐딜락을 주문하기 전에는 말이야."

그러자 아빠가 장난스럽게 물었다.

"그래, 손잡이랑 계기판이 모두 황금으로 된 캐딜락을 탈 정도로 돈을 많이 번 건 아닌가 보구나?"

마티 오빠가 조금 무안해하며 고개를 저었다. 그제야 우리는 모두 집 안으로 들어갔고, 자동차 따위는 잊어버렸다.

마티 오빠가 스웨덴과 자기가 하는 일, 새로 사귄 친구들에 대한 이야기를 늘어놓았다. 그러고는 아빠에게 말했다.

"제가 스웨덴에서 아빠 일자리를 구해 볼 수도 있었을 텐데 그러셨어요. 저도 이제 연줄이 좀 있거든요."

아빠가 빙긋 웃으며 대답했다.

"그래, 연줄이 좀 있단 말이지? 네 연줄은 너나 잘 쓰렴. 우리는 캐나다로 갈 거야. 너, 캐나다 연어가 얼마나 유명한지 들어나 봤니?"

마티 오빠가 고개를 끄덕였다.

투오모도 물었다.

"퀘벡도 들어 봤어?"

페카도 가만히 있지 않았다.

"'하우 아 유?' 이건 영어로 '안녕? 잘 지내?' 하고 묻는 거야."

마티 오빠가 웃으며 대답했다.

"'탁 브라!' 이건 스웨덴 어로 '고마워, 잘 지내!' 하고 대답하는 거야."

할머니가 끼어들었다.

"자자, 이제 꼬부랑말은 그만 해라. 먼 길 오느라 배고플 텐데 뭐 좀 제대로 된 걸 먹어야지. 외국 말이 밥까지 먹여 주는 건 아니니까."

우리는 작은 청어에 감자와 빵을 곁들여 먹었다.

마티 오빠가 말했다.

"스웨덴 빵은 이런 맛이 안 나요."

할머니가 대꾸했다.

"그야 네 할미가 직접 구운 게 아니니까 그렇지. 난 벌써 50년째 빵을 굽고 있단 말이야. 50년이면 벌써 전문가가 됐든지 아님 진작 포기했든지 둘 중 하나라고!"

마티 오빠는 가족 모두에게 줄 선물을 가지고 왔다. 엄마는 알록달록한 스카프를 선물로 받고 좋아서 어쩔 줄을 몰랐다. 마티 오빠가 말했다.

"진짜 실크는 아니에요. 하지만 요즘은 인조 실크도 진짜 실크 같아요. 게다가 진짜 실크처럼 다루기가 까다롭지도 않고요. 그냥 세탁기에 넣어서 돌리시면 돼요. 인조 실크는 그래도 끄떡없어요."

아빠 선물은 금속 미끼였다.

"아니, 이런 우연이 있나! 내가 낚시 도구를 다 팔아 버린 걸 네가 미리 알았던 것 같구나. 이건 꼭 캐나다로 가져가마. 이걸로 첫 번째 연어를 낚아 올릴게."

오스카리는 붉은색 바둑판무늬가 그려진 셔츠를 받았다. 마티 오빠가 설명을 곁들였다.

"캐나다에서는 장작 팰 때 진짜로 이런 셔츠를 입는대."

오스카리가 부드러운 플란넬 천을 쓰다듬으며 말했다.

"장작 팰 때 입기엔 너무 아까운걸. 학교 갈 때 입을래. 일요일에는 집에서 입고."

투오모에게 준 선물은 뷰익 모형 자동차였다. 투오모가 신이 나서 외쳤다.

"이건 꼭 캐나다로 가지고 갈래! 이제부터 선물로 받는 건 모두 다 가지고 갈 거야. 여기서는 이걸 가지고 놀 시간이 없으니까."

마티 오빠가 소니아의 목에 색색의 유리 목걸이를 걸어 주며 말했다.

"자, 우리 꼬마 아가씨한테는 구슬 목걸이야."

소니아가 놀라서 물었다.

"이거 정말 다 진짜 유리야?"

우리는 모두 웃음을 터뜨렸고, 마티 오빠는 구슬 한 알, 한 알이 모두 진짜 유리라고 맹세했다.

마티 오빠가 할머니의 무릎에 압력솥을 내려놓으며 굉장하지 않느냐는 듯 우쭐해했다. 하지만 마티 오빠가 압력솥이 얼마나 간편한지와 무엇보다도 얼마나 빨리 요리가 되는지 설명하자 할머니는 고개를 내저으며 못마땅하다는 듯이 물었다.

"대체 왜 요리를 빨리 해야 하는 건데? 난 요리할 시간이 많단 말이다."

마티 오빠가 대답했다.

"하지만 캐나다에서는 꼭 필요할 수도 있잖아요. 아주 급히 뭘 만들어야 할 때 말이에요."

할머니가 되물었다.

"거기 가면 여기에서보다 급해야 할 이유가 뭔데?"

할머니는 압력솥을 식탁 위에 올려놓으며 탐탁치 않은 눈길을 던졌다. 마티 오빠가 내게 윙크를 하며 말했다.

"우리 할머니한텐 너무 신식인가 봐. 겁이 나시나 본데!"

그러자 할머니가 발끈했다.

"겁이라고? 난 겁 같은 거 안 난다. 나는 그저 누가 이런 쓸데없는 걸 만들어 내는지 한심할 뿐이야. 국을 끓이면서 중간에 뚜껑을 열고 맛을 보지 못한다면 대체 어떻게 음식을 만들란 말이냐? 이런 건 입에 뭐가 들어가든 아무 상관도 없는 사람들이 만들어 내는 거야. 맛이야 어떻든 뜨겁고 푹 삶아지기만 하면 된다고 생각하는 사람들. 스웨덴 사람들은 제대로 된 화덕이 없어서 이런 게 필요할지 모르겠지만 난 이런 거 필요 없다. 그나저나 선물을 이렇게 많이 가져온 걸 보면 스웨덴에서 잘 지내는 것 같구나. 나는 그거면 됐다. 이런 압력솥보다 네가 거기서 잘사는 게 더 좋아."

내 선물은 마거리트 꽃 모양의 귀고리였다. 나는 마티 오빠를 꼭 끌어안으며 말했다.

"오빠가 와서 정말 좋아."

페카도 마티 오빠를 끌어안았다.

"형이 와서 정말 좋아. 사랑해, 형. 형 덕분에 우리 모두 아주 행복해졌어."

"넌 아무것도 못 받았으면서."

투오모가 페카에게 핀잔을 주더니 원망스러운 목소리로 마티 오빠에게 물었다.

"페카 선물은 깜빡한 거야?"

마티 오빠가 말했다.

"그럴 리가 있나! 페카, 얼른 밖에 나가 봐. 가서 자동차 안을 보렴. 뒷자리에 상자가 하나 있을 거야. 그게 네 거야."

잠시 뒤 페카는 머쓱한 표정을 지으며 빈손으로 돌아왔다.

"아무것도 못 찾았어."

마티 오빠가 어리둥절해했다.

"뭐? 그걸 못 봤다고? 너 혹시 안경 써야 하는 거 아니니? 엄마, 아빠, 페카한테 안경 씌워야겠어요!"

"차 안에 작은 상자는 없던걸? 거기엔…… 아주 큰 상자만 하나 있었어. 아주, 아주 컸단 말이야."

"그래서? 상자가 너무 커서 네 것이 아니라고 생각했단 말이야? 네가 아직 작으니까 선물도 작을 거라고 생각한 거야? 너, 이 형을 아직 잘 모르는구나. 형한테선 말이야, 작은 사람도 아주 큰 선물을 받을 수 있어."

마티 오빠는 페카와 함께 자동차로 가서 선물을 들고 왔다. 그것은 기타였다.

페카는 감히 기타를 만질 엄두도 내지 못하고 그 앞에 가만히 서 있기만 했다. 페카가 고개를 설레설레 내저으며 입을 열었다.

"무슨 말을 해야 할지 모르겠어. 우선 생각부터 정리해야겠어."

❖

페카는 생각을 정리했고 마티 오빠는 사우나에 불을 피웠다. 우리 모두 사우나 안에 들어가 땀을 흘리고 있을 때 아빠가 마티 오빠에게 물었다.

"내가 캐나다에 가면 새집에 뭘 가장 먼저 만들 것 같니?"

"사우나요!"

마티 오빠는 웃으면서 바가지로 물을 떠 뜨겁게 달궈진 돌에 부었다. 돌에서 더운 증기가 솟아오르자 아빠와 마티 오빠를 뺀 나머지 사람들은 모두 사우나에서 나와 버렸다.

마침내 두 사람이 시뻘건 얼굴을 해 가지고 다시 부엌에 나타났다. 아빠가 아쉬운 목소리로 말했다.

"이 녀석, 같이 캐나다로 가자고 아무리 설득해도 그냥 스웨덴에 남겠다는군. 당분간은 보기 힘들 것 같아."

페카가 말했다.

"우리 모두 나는 법을 배우면 돼요. 새들은 날아서 해마다 육지와 바다를 건넌단 말이에요."

10

마티 오빠는 스웨덴으로 돌아갔고, 우리의 출국 날짜는 손으로 꼽을 수 있을 만큼 바짝 다가왔다. 그러던 어느 날 페카가 어지럼증을 하소연했다.

"나 자꾸 어지러워요. 눈앞이 캄캄하고 침대에 누워서 눈을 감아 버리고 싶어요. 눈앞이 캄캄해지는 걸 보지 않을 수 있도록 말이에요."

엄마가 페카를 진정시켰다.

"흥분해서 그런 걸 거야."

엄마가 페카의 이마를 짚으면서 말을 이었다.

"열은 없는데 그러는구나."

아빠가 엄마한테 말했다.

"애가 창백해 보여. 의사한테 보이는 게 좋겠어. 뱃길이 먼데 그때 아프면 곤란하잖아."

엄마는 할 일이 많았기 때문에 내가 페카를 데리고 쇠데르크비스트 박사님에게 갔다. 의사 선생님이 페카를 진찰하더니 고개를 가로저으며 말했다.

"흠, 마음에 안 드는걸!"

페카가 물었다.

"제가 왜 마음에 안 들어요?"

의사 선생님이 페카의 어깨를 두드리며 말했다.

"아, 그게 아니고. 넌 내 마음에 든단다. 하지만 네 건강이 걱정되는구나. 핏기가 하나도 없어."

페카가 그제야 흡족해서 대답했다.

"저도 박사님이 좋아요. 박사님은 혈색도 아주 좋고요."

"나야 잘 먹으니까."

의사 선생님은 페카의 피를 뽑았다. 그리고 엄마에게 안부 인사를 전하면서, 페카를 데리고 병원에 직접 오셔야겠다는 말도 덧붙였다.

페카를 데리고 쇠데르크비스트 박사님한테 두 번째 진찰을 받으러 갔던 엄마가 집에 돌아오더니 울음을 터뜨렸다.

페카는 백혈병이었다. 우리는 그게 무슨 병인지 알고 있었다. 아빠의 동료 가운데 백혈병으로 아들을 잃은 사람이 있었다. 우리는 그 병이 피와 관계있으며 완치될 가능성이 매우 낮다는 것을 알았다.

우리는 모두 벙어리처럼 부엌에 앉아 있었다. 그러자 페카가 입을 열었다.

"난 만날 우리 식구들한테 걱정만 끼쳐."

엄마가 페카를 끌어안으며 말했다.

"걱정이 많아야 사랑도 깊어진단다."

우리는 번갈아 가며 페카를 껴안고 쓰다듬으면서 몇 번이나 같은 말을 되풀이했다.

"넌 건강해질 거야. 벌써 몇 번이나 아팠니? 그래도 늘 다시 건강해졌잖아."

페카가 대꾸했다.

"하지만 피는 아프다고 잘라 낼 수 있는 게 아니야."

아빠가 말했다.

"치료할 수 있어. 치료할 수 없는 병은 없으니까. 약이 있을 거야. 암, 있고말고. 무슨 병이든 치료할 수 있는 방법은 반드시 있어."

페카가 또다시 돌 얘기를 꺼냈다.

"돌은 병에 안 걸려요. 돌은 피가 없으니까요. 하지만 돌이 새가 되면 병에 걸릴 수 있어요. 죽기도 하고, 다시 돌이 되기도 해요."

엄마가 페카를 침대로 데리고 가서 이불을 덮어 주는 동안 우리는 부엌 식탁에 앉아 앞으로 어떻게 할 것인지 오랫동안 고민했다.

아빠가 우리의 계획에 작별을 고했다.

"안녕 캐나다, 아듀 알래스카! 연어도 좋고, 잘사는 것도 좋지만 일단은 다 뒤로 미뤄야겠다. 그보다 더 중요한 일이 있으니까."

그리고 우리는 다시 정신없이 바빠졌다.

페카에 대한 걱정도 걱정이었지만 당장 해결하지 않으면 안 될 일들이 있었다.

무엇보다도 우리 머리 위를 덮어 줄 지붕을 찾는 게 가장 급했다. 집은 이미 팔렸고, 집 판 돈 대부분은 빚을 갚는 데 썼다. 이제 우리 집은 더 이상 우리 집이 아니었다.

아빠는 우리 가족이 살 집을 찾아다녔다.

우리는 계속 학교에 갔고, 모든 사람들에게 캐나다에 가지 않게 된 이유를 될 수 있으면 잘 이해시키려고 노력했다.

비르기트가 환호성을 질렀다.

"잘됐다! 난 네가 너무 보고 싶었을 거야!"

우리 옆집 사람은 페카가 아프다는 이야기를 듣고 이런 반응을 보였다.

"아이고, 불쌍한 것 같으니라고! 게다가 집까지 팔렸으니 이를 어쩌면 좋아."

페카는 정기적으로 주사를 맞았다. 더 이상 학교에 가는 것도 금지되었다. 쇠데르크비스트 선생님이 페카가 너무 허약하다는 진단을 내렸기 때문이다.

하지만 페카는 한 번 더 작별 인사를 하기 위해 마지막으로 학교에 갔다.

페카는 이번에도 모든 아이들과 하나하나 악수를 나누며 인사했다.

"안녕. 난 곧 죽을 거야."

페카의 담임 선생님과 아이들 몇 명이 울기 시작했다. 교실을 나서는 페카의 눈에서도 눈물이 펑펑 쏟아졌다.

페카가 내게 말했다.

"산다는 건 정말 이상해. 일단 태어나면 또 반드시 죽어야 하잖아. 난 차라리 돌이었으면 좋겠어. 그럼 언젠가 날 수 있을지도 모르니까."

내가 놀라서 물었다.

"왜 날 수 있는데?"

"무슨 말인지 누나도 알면서! 옛날에 돌들은 모두 새였잖

아. 그러니까 돌은 다시 새가 될 수 있지. 뭐든 제 옛날 모습으로 다시 돌아갈 수 있으니까."

❖

아빠는 우리가 살 집으로 버려진 낡은 농가를 찾아냈다. 그리고 다시 우리의 미래를 계획하기 시작했다.

아빠가 말했다.

"그 집에 가 보니까 가축우리가 있더라. 그래서 생각해 봤는데 돼지를 치면 좋을 것 같아. 그러면 수입원이 하나 더 생기는 거니까. 어차피 페카는 날마다 신선한 간도 먹어야 하고."

오스카리가 말했다.

"그렇다고 날마다 돼지를 잡을 순 없잖아요."

"그런 말이 아니야. 여윳돈이 생기면 그걸로 다른 동물의 간을 산다는 말이지. 그러면 도살장 사람들이랑 안면도 틀 수 있을 테고."

할머니가 끼어들었다.

"닭을 치는 것도 나쁘지 않을 것 같구나."

엄마도 한마디 거들었다.

"난 소를 키우고 싶어요. 아이들 건강에 우유보다 더 좋은 건 없으니까요."

❖

새집은 붉고 길쭉했다. 좁은 복도를 따라 안으로 죽 들어
가면 커다란 부엌이 나왔다. 부엌에는 화덕과 커다란 식탁과
여러 사람이 앉을 수 있는 긴 의자가 두 개 있었다. 이 집에
살던 사람들은 스웨덴으로 이민 갔다는데, 그 사람들도 큰
가구들은 가지고 갈 수 없었던 모양이다.

부엌에는 문이 세 개 있었다. 하나는 거실로, 다른 하나는
작은 방으로, 나머지 하나는 좁고 어두컴컴한 복도로 통하는
문이었다. 그 복도는 가축우리로 이어져 있었다. 가축우리는
집보다 더 컸다. 그리고 화장실은 집 맨 끝, 가축우리 뒤에
있었다.

내가 물었다.

"거실까지 쳐서 방이 두 개밖에 없는데 여기서 어떻게 살
아요? 말도 안 돼요!"

하지만 불가능은 없었다.

엄마와 아빠는 거실에서 잤다. 소니아와 페카와 나는 작은
방에서 잤고, 할머니와 오스카리와 투오모는 부엌을 썼다.

우리는 트럭으로 이사를 했다. 할머니는 우리와 함께 트럭

꼭대기, 더 정확히 말하면 아빠가 새집 주인에게 다시 산 침대와 캐나다로 가고 있었어야 할 상자들 위에 앉아서 갔다. 덕분에 이웃 사람들은 우리가 떠나는 모습을 잘 볼 수 있었다. 아빠는 수납 장 몇 개와 의자들도 다시 살 수 있었다.

동네 사람들은 아무도 나와 보지 않았다. 이웃집들조차 쥐 죽은 듯이 조용하고, 창가의 커튼 하나 움직이지 않았다. 다들 그것이 우리 가족에게 얼마나 힘든 이별인지 잘 알고 있는 것 같았다.

아빠가 시동을 걸자 우리는 보라색 집에서 눈을 떼고 빨간 새집이 보일 때까지 도로만 뚫어져라 바라보았다.

우리는 몇 개 안 되는 가구를 들여놓고 상자들을 풀었다. 엄마가 이따금씩 페카에게 물었다.

"너, 괜찮니?"

페카는 그때마다 웃으면서 대답했다.

"네, 이제 안 아파요. 캐나다를 못 보게 돼서 아쉬워요."

엄마는 한숨을 내쉬며 그릇들을 찬장에 집어넣었다.

오스카리는 장작을 팼고, 나는 우물에서 물을 길어 왔고, 투오모는 화덕에 불을 지폈고, 할머니는 커피를 끓였다.

우리는 커다란 식탁에 둘러앉아 커피를 마시고 빵을 먹었다. 그리고 아무 말도 하지 않고 창밖을 내다보았다.

아빠가 큰 소리로 말했다.

"감자랑 야채랑……. 그래, 귀리도 한번 심어 볼까? 땅이 넓으니까."

할머니가 말했다.

"나는 텃밭을 제대로 가꿔 볼 생각이다."

엄마는 또다시 소 타령을 했다.

"소 한 마리만 있으면 얼마나 좋을까요? 그럼 우유랑 생크림이랑 버터가 다 공짜일 텐데 말이에요."

내가 뜬금없는 질문을 던졌다.

"그런데 숙제는 어디서 해요?"

엄마가 편잔을 주었다.

"넌 자나 깨나 학교 생각뿐이구나. 숙제할 만한 곳이야 찾아보면 어디 있겠지. 그러지 말고 밖을 좀 보렴. 얼마나 좋으니? 난 이 집이 벌써 마음에 쏙 든다."

아빠가 조용히 말했다.

"지금 이 순간에는 집, 가구, 낚시, 책 같은 것들이 중요한 게 아니야. 페카가 우리와 함께할 수 있는 날들을 생각해 보렴."

나는 아빠의 눈을 들여다본 뒤 동생들을 데리고 밖으로 나갔다.

오스카리와 투오모와 페카는 신이 나서 앞으로 달려갔다.

파란 나비와 노란 나비들이 길가에 높이 자란 바늘꽃 주위를 날아다니고 있었다.

집에서 몇 미터 떨어진 곳에는 연못이 있었고 그 주위에는 부들, 동의나물, 갈대 같은 식물들이 자라고 있었다. 잠자리들이 푸르스름한 날개를 반짝이며 풀밭 위를 하늘하늘 날아다녔다.

페카가 말했다.

"이 연못에는 분명히 개구리가 살 거야. 아날리사더러 여기 사는 개구리한테도 입을 맞춰 보라고 해야겠어. 그동안 진짜 공주가 되었을 수도 있으니까."

내가 말했다.

"그래. 그리고 여긴 정말 동화에 나오는 곳 같으니까."

새집 마당에는 헛간도 있었다. 게다가 헛간의 절반은 아직도 짚으로 가득 차 있었다. 투오모와 오스카리는 짚 더미 위에서 신나게 뒹굴었다. 두 아이의 풀오버와 바지는 곧 지푸라기투성이가 되어 버렸다. 재채기와 기침을 해 대는 투오모와 오스카리의 머리 위로 짚이 안테나처럼 삐죽삐죽 튀어나와 있었다. 나와 페카는 웃음을 터뜨렸다. 페카가 슬며시 내 손을 잡았다. 우리는 함께 숲을 거닐었다. 그때 페카가 말했다.

"여긴 캐나다만큼 좋은 것 같아."

투오모도 외쳤다.

"영어도 배울 필요 없고!"

오스카리만 작은 소리로 중얼거렸다.

"하우 두 유 두(안녕하세요)?"

11

아빠가 우리 농장에서 처음 기르기 시작한 동물은 닭이었다. 우리끼리는 농장이라는 말 대신 '팜'이라는 영어를 썼다. 우리는 닭들에게 각각 원, 투, 스리, 포, 파이브, 식스, 세븐이라는 이름을 지어 주었다. 우리의 영어 실력은 그런 데서 조금씩 발휘되었다. 할머니는 이크시, 카크시, 콜메, 넬얘, 비시, 쿠시, 사이체맨이라는 핀란드 숫자를 사용했다. 우리가 수탉한테 지어 준 이름은 '빌리보이'였다.

닭들이 마당을 파헤치고 땅을 쪼아 대는 것을 본 할머니가 말했다.

"나중에 텃밭을 만들면 꼭 울타리를 쳐야겠다."

'원'은 닭 가운데에서 의심이 가장 많았다. 알을 낳으면 제

일 시끄럽게 울어 대는 것도 원이었다. 또 자기가 난 알을 어찌나 잘 숨겨 놓는지 페카 말고는 원이 알을 어디쯤에 숨겨 놨을 거라고 짐작할 수 있는 사람이 아무도 없었다. 페카는 거의 넋을 잃다시피 하며 하루 종일 닭들만 관찰했다.

우리 집 닭들은 하나같이 헛간을 좋아했다. 여름에 짚 더미 속에 숨겨 놓은 달걀을 찾는다는 건 거의 불가능에 가까웠다. 하지만 여름은 기껏해야 3개월이었다. 나머지 긴긴 겨울 동안 닭들은 닭장에서 지내야 했고, 닭장 안에는 알을 숨길 만한 장소가 마땅치 않았다.

아빠가 두 번째로 우리 농장에 데리고 온 동물은 새끼 돼지였다. 새끼 돼지들은 정말 예뻤다. 동그랗게 말린 꼬리에 뭐가 그리 신기한지 끊임없이 킁킁대는 앙증맞은 코! 우리는 뛸 듯이 기뻐하며 새끼 돼지들을 따라 마치 경쟁이라도 하듯 꿀꿀거렸다. 새끼 돼지들은 모두 여섯 마리였는데, 우리는 각각 몬트리올, 오타와, 퀘벡, 토론토, 할리팩스, 리자이나라는 이름을 지어 주었다. 덕분에 우리가 아는 캐나다의 도시 이름을 날마다 부를 수 있는 기회를 얻었다. 우리 가운데 누구 하나라도 돼지 이름을 불러 대지 않는 순간은 잠시도 없었다. 우리는 돼지들에 대한 애정을 키워 갔다.

엄마가 말했다.

"몬트리올은 마티 거야."

오스카리가 발끈했다.

"하지만 형은 이 집에 살지 않잖아요. 몬트리올을 보살펴 줄 수도 없어요."

엄마는 까딱도 하지 않았다.

"그래도 몬트리올은 형 거야. 한 사람 앞에 한 마리씩이니까."

나는 오타와를 가졌다. 오스카리는 핼리팩스, 투오모는 퀘벡을 자기 돼지로 삼았다. 하지만 소니아는 새끼 돼지 여섯 마리를 다 가지고 싶다며 결정을 내리지 못하고 우물쭈물했다. 그래서 토론토가 소니아의 돼지라고 그냥 우리끼리 결정해 버렸다. 페카는 자기 돼지 리자이나에게 아날리사라는 새 이름을 지어 주고 싶어 했다. 하지만 페카는 먼저 아날리사에게 자기가 그렇게 하면 영광스러워할 거냐고 물었다.

아날리사는 영광스러워하기는커녕 기가 막혀 했다.

"미쳤니? 새끼 돼지가 커서 진짜 돼지가 되면 잡아먹힐 거 아니야. 난 내 이름이랑 똑같은 돼지가 잡아먹히는 거 싫어!"

그렇게 해서 페카의 새끼 돼지는 그냥 리자이나로 남았다. 페카는 날마다 신선한 간을, 그것도 반드시 날것으로 먹어야 했다. 그리고 저녁마다 아빠가 도살장에서 받아 온 신선한 피도 마셨다. 간유와 철분 약도 먹었다. 페카는 하루가 다르게 조금씩 나아지는 것처럼 보였다.

페카가 말했다.

"이런 식으로 가면 죽지 않을 것 같아."

내가 기뻐하며 대답했다.

"그것만큼 좋은 일이 또 어디 있겠니?"

"응. 하지만 내가 죽지 않으면 다른 사람들이 슬퍼하지 않을까?"

"슬퍼하긴 왜 슬퍼해? 누가 죽어야 슬프지!"

"글쎄, 난 잘 모르겠어. 누가 죽으면 당연히 슬퍼들 하지. 누가 죽으리라는 걸 알기만 해도 사람들은 슬퍼하니까. 하지만 당연히 죽을 거라고 생각했던 사람이 죽지 않으면 화를 낼지도 몰라."

"왜 화를 내?"

"쓸데없이 슬퍼했던 게 억울하니까."

아날리사는 우리 집에 자주 놀러 왔다. 숙제를 한다면서 늘 책가방을 가지고 와서는 페카에게 그날 학교에서 배운 것을 가르쳐 주곤 했다.

페카가 말했다.

"난 숙제 안 해도 돼. 곧 죽을 사람은 많이 배우지 않아도 되거든."

아날리사가 물었다.

"왜?"

"어차피 다 잊어버리니까."

페카는 숙제보다 돌 던지는 일을 더 좋아했다. 그 외에는 밖에서 새끼 돼지들과 함께 뛰어다니거나 닭들이 알을 어디에 숨기는지 보려고 닭 꽁무니를 살금살금 쫓아다녔다.

그러면 아날리사도 페카를 따라다녔다. 어느 날, 페카와 아날리사는 돌 위에 달걀을 올려놓았다. 그 달걀은 아무도 건드려서는 안 됐다.

페카가 말했다.

"돌이 엄마 새라면 움직일 거야. 작은 알이 자기 위에 놓여 있으니까."

페카는 아날리사와 함께 잔디밭에 앉아서 돌이 움직이기를 기다렸다.

잠시 뒤 따분해진 아날리사가 거짓말을 했다.

"돌이 조금 움직인 것 같아."

페카는 도리질을 쳤고, 두 사람은 또다시 기다렸다. 하지만 결국 페카도 돌이 움직일 때까지 기다리는 것을 포기하고 말았다. 까치나 까마귀가 알을 깨 먹었는지 돌 위에는 껍데

기만 남아 있었다. 그래도 돌은 여전히 움직일 생각을 하지 않았다.

우리는 페카의 병이나 페카가 얼마나 더 살 수 있을지에 대해 입도 뻥긋하지 않았다. 더욱이 페카는 별로 아파 보이지도 않았다. 마르긴 했지만 페카는 늘 마른 편이었기 때문에 별로 이상할 것도 없었다.

하지만 딱 한 번 아날리사가 페카에게 물었다.

"넌 언제 죽니?"

페카는 이마를 찡그리면서 한숨을 내쉬더니 대답했다.

"다음에 다시 태어나면 그때나 죽을 것 같아."

우리는 웃음을 터뜨렸고, 페카의 엉뚱함과 특이함이 우리에게 얼마나 큰 기쁨을 선사하는지 새삼 깨달았다. 나는 작은 농장 덕에 우리 가족이 아주 행복해졌다는 생각이 들었다.

내가 학교를 마치고 버스를 타고 집에 돌아오면 페카는 새끼 돼지들과 개, 고양이 그리고 닭 일곱 마리를 뒤에 줄줄 달고 내게 뛰어왔다.

페카의 질문은 언제나 똑같았다.

"오늘 뭐 중요한 거 배웠어?"

하지만 나는 그 질문에 단 한 번도 제대로 대답할 수가 없었다. 정말 중요한 게 뭔지 몰랐기 때문이다. 그 순간 내게 중요한 것은 날 반기고 사랑해 주는 가족의 품으로 돌아오는 것뿐이었다.

12

페카는 정기적으로 쇠데르크비스트 선생님에게 진찰을 받았다. 어느 날, 쇠데르크비스트 선생님이 잘못된 진단을 내렸다는 사실이 밝혀졌다.

페카는 더 이상 백혈병이 아니었다. 아니, 백혈병에 걸린 적도 없었다. 페카는 단지 빈혈이었을 뿐이다. 부족했던 철분은 날간과 신선한 피, 약 덕분에 다시 충분해진 상태였다.

아빠가 고개를 세게 저으며 투덜거렸다.

"돌팔이 의사 같으니라고! 무슨 병인지 제대로 알아내지도 못한단 말이야? 덕분에 모든 계획이 어그러졌잖아!"

임마가 말렸다.

"우리가 새로운 계획을 짜야 하는 게 뭐 어제오늘 일인가요?"

할머니가 손에 묻은 흙을 씻은 뒤 커피 물을 불에 앉히며 말했다.

"난 여기서 농사짓는 것도 대만족이다."

옆에서 어른들의 이야기를 듣고 있던 페카가 왕 구슬 같은 두 눈에 눈물을 글썽이며 물었다.

"내가 죽지 않게 됐다는데 아무도 기쁘지 않은 거예요?"

우리는 틀어진 계획만 생각하고 앉아 있던 자신들에게 깜짝 놀라며 그제야 다 같이 합창했다.

"당연히 기쁘지!"

온 가족이 번갈아 가며 페카를 껴안고 입을 맞췄다. 페카가 환하게 웃으며 말했다.

"이제 돌들이 하늘까지 날아갈 거예요."

나는 페카가 무슨 말을 하는 건지 도무지 이해할 수 없었지만 기쁨의 웃음을 터뜨렸다. 페카의 수수께끼 같은 말을 듣는 순간, 우리가 앞으로도 그런 말을 많이 듣게 될 거라는 사실이 가슴에 분명히 와 닿았다.

오스카리가 물었다.

"이제 다시 캐나다로 갈 거예요?"

아빠의 대답은 분명했다.

"아니. 기차는 벌써 떠났어. 뭐, 이 경우엔 배라고 말하는 게 옳겠지만. 이제 우리가 갈 길은 험하든, 험하지 않든 간에 여기 이곳의 자갈길뿐이란다. 새끼 돼지들이 크면 적어도 먹을 것은 충분할 테지. 얼마 동안은 고기도 실컷 먹을 수 있을 거야."

오스카리가 외쳤다.

"핼리팩스는 안 돼요!"

투오모도 소리쳤다.

"퀘벡도 안 돼요!"

페카도 지지 않았다.

"리자이나가 얼마나 사랑스러운데요."

아빠가 우리를 달랬다.

"지금 당장 잡지는 않을 거야. 여름이 끝나려면 아직 멀었으니까……"

아빠는 말끝을 흐렸다. 우리는 원망스러운 눈빛으로 아빠를 쳐다보았다. 우리는 아빠가 크리스마스 돼지 구이를 생각하고 있다는 것을 알았다. 아빠가 다시 입을 열었다.

"하지만 내가 바보니? 그렇게 나중 일을 벌써부터 계획하게? 어차피 다 달라질 텐데 말이야."

13

어느 날 저녁, 마당에 커다란 트럭이 들어왔다. 트럭이 현관 앞에 멈춰 서더니 운전사 아저씨와 쇠데르크비스트 박사님이 차례로 내렸다.

아빠가 감자 밭에서 나와 흙이 묻은 손을 의사 선생님에게 내밀며 인사했다.

"자네가 무슨 일을 저질렀는지 좀 보라고! 자네 덕에 난 이제 농사일에 가축까지 돌봐야 하는 신세가 됐단 말이야. 하지만 뭐, 자네가 돌팔이 의사인 게 우리한테는 행운이었는지도 모르겠네."

쇠데르크비스트 박사님이 자신을 변호하고 나섰다.

"허, 그런 말 말게나. 진단을 내리는 게 어디 그리 쉬운 일인 줄 아나? 게다가 당신 아들은 피 검사 결과가 아주 희한했단 말이야. 그럴 땐 아무리 경험 많은 의사도 헷갈릴 수 있다고."

아빠가 껄껄 웃으며 대답했다.

"내 아들 피가 어떤지는 잘 모르겠지만 애가 사람을 좀 혼란스럽게 하는 것은 사실이지. 하지만 사람들 머리 좀 쓰라고 뇌에 자극을 주는 아이가 하나쯤 있는 것도 나쁘진 않을 거야. 들어오게나. 장모님이 커피를 끓여 주실 거야. 벌써 끓여 놓고 기다리실 수도 있고."

두 사람은 부엌으로 들어갔다. 나는 투오모, 오스카리 그리고 페카와 함께 트럭을 바라보았다.

투오모가 말했다.

"내 이럴 줄 알았어. 언젠가 트럭이 와서 우리 새끼 돼지들을 잡아갈 줄 알았다고!"

내가 대꾸했다.

"아직 잡을 때가 아니야. 돼지는 크리스마스나 돼야 잡을 텐데."

나는 긴장한 탓에 침을 꿀꺽 삼켰다. 과연 누구 돼지가 크리스마스 구이가 돼서 식탁 위에 오를까? 우리는 그것을 먹을 수나 있을까?

우리도 부엌으로 들어갔다.

운전사 아저씨와 의사 선생님, 아빠, 할머니, 엄마가 커피를 홀짝이고 있었다.

할머니가 쇠데르크비스트 박사님한테 물었다.

"환자들을 모으러 다니는 거야? 대체 무슨 일로 저렇게 큰 트럭을 타고 돌아다니는 건가?"

아빠도 짓궂은 농담을 던졌다.

"자네처럼 백혈병이랑 빈혈도 구분하지 못하는 의사를 누가 믿겠나? 그러니 직접 나서서 환자들을 모으러 다녀야 할 테지."

아빠의 말에 나이가 지긋한 쇠데르크비스트 박사님이 빈 커피 잔을 '쨍강!' 하는 소리가 날 정도로 세게 받침 접시에 내려놓았다.

"계속 그렇게 놀려 대면 트럭에 싣고 온 걸 그냥 다시 가지고 돌아가 버릴 걸세!"

아빠도 짐짓 화난 목소리로 말했다.

"적어도 우리 집 그릇이라도 살살 좀 다루게나!"

엄마가 끼어들었다.

"아이고, 이제 그만들 좀 해요. 그만하면 충분해요. 우린 그저 페카가 우리 곁에 머물 수 있는 것만으로도 얼마나 감사한지 몰라요. 하마터면 페카를 잃을 수 있었다는 걸 생각하면 얼마나 끔찍한지……."

의사 선생님이 말했다.

"하느님, 우리가 오랫동안 페카와 함께 기쁨을 누리게 하소서. 자, 그건 그렇고 이제 그만 나가서 내가 뭘 가져왔는지 좀 보라고."

우리는 의사 선생님과 운전사 아저씨를 따라 밖으로 나갔다. 운전사 아저씨가 트럭 뒷문을 열고 경사판을 내리자 쉐데르크비스트 선생님이 트럭 안으로 들어가 밤색 소를 끌고 나왔다.

소는 발을 구르며 칭얼대듯 "음매, 음매, 음매!" 하고 울었다.

엄마가 소리를 질렀다.

"이럴 수가! 정말 예쁜 소예요! 너무 멋져요!"

의사 선생님이 소의 목에 감긴 밧줄을 엄마에게 내밀며 만족스러운 목소리로 말했다.

"이제 이 집 식탁에 우유랑 버터 그리고 커피에 넣을 생크림이 떨어지는 날은 없을 겁니다."

엄마가 고마운 눈길로 의사 선생님을 바라보며 소를 쓰다듬었다.

"정말 고맙습니다."

의사 선생님이 어깨를 으쓱하며 덧붙였다.

"하루에 10리터는 거뜬하대요."

엄마가 손바닥을 마주치며 또 한 번 소리를 질렀다.

"어머, 10리터씩이나!"

아빠는 의사 선생님의 손을 잡고 계속 흔들어 댔는데 너무 감격한 탓에 단 한마디도 하지 못했다.

하지만 페카는 늘 할 말이 있는 애였다. 아무리 흥분한 상황 속에서도 페카가 절대로 잊어버리지 않는 문장이 하나 있었다. 페카가 의사 선생님에게 악수를 청하며 말했다.

"박사님, 사랑해요."

우리는 소의 이름을 정하기 위해 오랫동안 고민했다. 처음에는 의사 선생님의 이름에서 따 볼까 생각해 보았지만 우리 소는 암소였다. 영어 이름은 닭 일곱 마리로 충분했기 때문에 더 이상 짓고 싶지 않았다.

캐나다 도시 이름 역시 좀 시들해진 뒤였다. 우리는 소를 뭐라고 부를까 고민하고 또 고민했다.

페카가 장난기 어린 표정을 지으며 말했다.

"좋은 이름이 생각났어!"

오스카리가 대꾸했다.

"들어 보나마나 또 '아날리사'겠지, 뭐."

투오모도 장단을 맞췄다.

"아니면 '공주'거나."

나도 한몫 거들었다.

"그것도 아니면 하늘을 나는 소? 제비? 독수리? 날아다니는 돌?"

페카는 우리가 계속해서 헛다리만 짚자 재미있어하며 머리를 세게 흔들었다.

"뭐냐면 말이지, 그냥 간단히 '네이티 수오미'라고 하는 거야. 웃기잖아."

우리는 모두 대찬성이었다. 네이티 수오미는 '미스 핀란드'라는 뜻이었다.

엄마는 소가 생겨서 아주 행복해했다. 그리고 젖 짜는 법을 배운 것에 대해서도 무척 자랑스러워했다.

엄마는 아침마다 젖을 짠 다음 소가 싱싱한 풀을 마음껏 먹을 수 있도록 소를 데리고 풀밭으로 갔다.

할머니는 그 광경을 내다보며 종종 이렇게 나지막이 중얼거렸다.

"저것 좀 봐라. 저기 네 엄마랑 미스 핀란드가 가는구나."

오스카리가 장난스럽게 말했다.

"엄마가 날마다 화환을 만들어서 소뿔에 걸어 주지 않는 게 신기해요."

어느 날 내가 엄마에게 물었다.

"엄마, 미스 핀란드 배가 너무 부른 것 같지 않아요?"

나는 별 뜻 없이 던진 질문이었다. 소치고 배가 부르지 않은 소는 없으니까. 그저 엄마의 약을 좀 올리려고 그랬던 것뿐이다.

그런데 엄마는 재미있다는 듯이 웃으며 말했다.

"맞아, 새끼를 배서 그래. 너, 설마 미스 핀란드가 미혼모라고 문제 삼는 건 아니겠지?"

나는 깜짝 놀랐다.

"정말이에요? 어쩌다 그렇게 된 거예요?"

엄마가 여전히 깔깔대며 대답했다.

"우리 집에 와서 임신한 건 아니야. 하여튼 박사님은 다 늙어서 짓궂으시다니까. 하지만 어디 가서 우리 집에 식구가 하나 더 늘 거라는 말을 하면 안 돼. 알았지?"

내가 엄마의 배에 손을 얹으며 대답했다.

"설마 송아지 얘기겠죠?"

"아니, 송아지뿐만이 아니야."

엄마가 또다시 웃음을 터뜨렸다.

"짓궂기는 엄마도 마찬가지예요. 여태껏 임신했다는 말은 단 한마디도 안 하셨잖아요! 그런데 이번에도 난산이면 어떡해요?"

엄마는 태연했다.

"아마 그때 가 보면 알겠지. 하지만 이번이 정말 마지막이야."

"벌써 세 번이나 그렇게 말씀하셨잖아요."

"그래. 하지만 네 동생들 가운데 없어도 되겠다 싶은 애가 하나라도 있디?"

나는 세차게 고개를 저었다.

"아니요, 단 한 명도 없어요."

오스카리, 투오모, 페카는 남동생을 바랐고 소니아는 여동생을 바랐다. 아빠의 소원은 특이했다.

"난 아기가 태어날 때 작은 금 주머니를 쥔 착한 요정이 옆에 같이 서 있으면 좋겠다."

그러자 할머니가 아빠의 말을 받았다.

"그런 요정이 찾아올 생각이 있었으면 벌써 찾아왔겠지."

오스카리가 장난을 쳤다.

"우리가 하도 이사를 자주 해서 요정이 우리 집을 못 찾나 봐요."

페카가 멋지게 마무리를 지었다.

"새끼 돼지가 한 마리 더 있어야겠어요. 돼지는 복을 가져다주니까 요정이나 마찬가지예요."

❖

송아지가 태어나던 날 밤, 아빠는 잠자고 있는 우리를 모두 깨웠다. 우리는 다들 잠에 취해 못내 아쉬워하며 가까스로 따뜻한 잠자리에서 빠져나왔다. 한밤중에 별안간 밖으로 내몰린 우리는 피곤해서 몸을 덜덜 떨었다. 우리는 하품을 해 대며 조용히 아빠를 따라 외양간으로 들어갔다. 소는 아직 서 있었지만 숨이 가빴다.

엄마가 미스 핀란드의 배를 어루만지며 속삭였다.

"괜찮아. 자자, 괜찮아."

잠시 뒤 미스 핀란드가 옆으로 드러누웠다.

우리는 벽에 기대어 한 줄로 나란히 쪼그리고 앉았다. 소가 다시 일어서려고 하자 아빠가 소를 가볍게 누르며 말했다.

"그냥 누워 있으렴. 네 새끼가 지금 나오고 싶어 한단 말이야. 우리가 도와줄 테니까 마음을 편하게 가져."

페카가 소리쳤다.

"뭐가 보여!"

아빠는 얼른 두 손을 갖다 대고 조심스럽게 송아지를 끌어냈다.

투오모가 신기하다는 듯이 말했다.

"꼭 비닐 봉투에 담겨 있는 것 같아."

송아지는 불투명한 막에 싸여 있었다. 아빠는 막을 벗겨낸 뒤 수건으로 송아지의 젖은 털을 닦아 주었다. 송아지는 태어나자마자 혼자 일어서려고 했다. 미스 핀란드는 자기 새끼에게 인사를 하려는지 "음매!" 하고 힘겹게 울었다. 산고에 많이 지친 것 같았다. 하지만 곧 일어나 거친 혀로 송아지를 핥아 주기 시작했다.

아빠가 아직 젖지 않은 수건 끄트머리에 손을 대충 닦으며 말했다.

"미스 핀란드가 내 수건은 미덥지 않은가 보다."

송아지는 휘청거리면서도 어느새 네 다리로 섰고, 미스 핀란드는 다시 자리에 드러누웠다. 송아지가 계속해서 온몸을 떨자 소니아가 물었다.

"송아지가 겁이 나나 봐. 그렇지?"

페카가 대답했다.

"아니, 우리 송아지는 겁 같은 거 없어. 아주 용감한 송아지야. 저렇게 휘청거리면서도 금방 일어섰잖아. 어쨌거나 잠은 자기 싫은가 봐. 이제 막 세상에 태어나서 궁금한 게 많은 것 같아."

❖

우리는 부엌으로 갔다. 부엌에서는 할머니가 우리한테 줄 우유를 데우고 있었다.

투오모가 물었다.

"우리도 저렇게 태어났어요?"

오스카리가 말했다.

"저런 비닐 봉투에 담겨서 태어나지는 않았을걸."

엄마가 웃으면서 대답했다.

"태어나자마자 일어선 애도 하나도 없단다."

페카가 한숨을 내쉬었다.

"게다가 난 엄마 배에 붙어 버려서 배를 가르고 끄집어내야 했지."

엄마가 페카의 말을 고쳐 주었다.

"넌 내 배에 붙어 버린 게 아니라 다만 따뜻하고 안전한 내 배에서 나올 생각이 없었던 거야."

페카가 대답했다.

"그땐 세상이 이렇게 좋은지 몰랐으니까요."

할머니가 우리를 침대로 몰았다.

"그래, 그리고 이 시간에 가장 좋은 곳은 침대 안이지."

우리는 잠자리로 돌아갔다. 그날 밤 우리는 모두 자기가 태어나던 때를 꿈꾸었을 것이다. 아니면 미스 핀란드와 송아지 꿈을, 그것도 아니라면 곧 우리의 여동생이나 남동생으로 태어날 아기의 꿈을.

14

아기는 10월에 태어났다. 사내아이였고 '야코'라는 이름이 붙여졌다.

엄마가 말했다.

"아주 쉽게 낳았어. 미스 핀란드가 송아지를 낳을 때만큼이나."

엄마가 야코를 집에 데리고 오자 페카는 가장 먼저 손과 발부터 살폈다.

"얘는 아무것도 안 붙어 있어서 수술할 필요가 없었겠어요."

이어서 페카는 야코의 머리와 눈을 살펴보았다. 그리고 이렇게 마무리 지었다.

"다행히 아주 평범한 애예요. 사시도 아니고 머리도 똑바로 붙어 있어요. 이 애 때문에 우리 가족이 어려움을 겪는 일은 없겠어요."

페카의 말이 옳았다. 야코는 보채는 법 없이 잠을 아주 많이 자는 돌보기 편한 아기였다. 페카는 야코의 침대에서 작은 소리만 났다 하면 부리나케 달려가서 콧노래를 흥얼거리거나 노래를 불러 주었다.

엄마와 아빠는 아기를 전적으로 페카에게 맡길 수 있었다. 페카는 암탉이 병아리 돌보듯 막내 동생을 보살폈다.

나는 겨울 저녁에 산책하는 것을 좋아했다. 혼자 거닐면서 동생들이나 엄마, 아빠, 할머니한테 방해받지 않고 조용히 생각에 잠기고 싶었다.

가끔씩 페카가 따라와도 되냐고 물었다. 나는 대개 안 된다고 했지만 이따금씩 페카를 데리고 갈 때도 있었다.

나는 겨울 저녁의 고요함이 좋았다. 눈이 소복이 쌓인 나뭇가지와 신발 밑에서 뽀드득거리는 눈과 달빛에 반짝이는 하얀 길과 정적과 광활함이 좋았다. 나는 하늘의 별들을 올려다보면서 먼 옛날, 별들이 반짝거리는 동전이 되어 땅으로 떨어져 내리기를 꿈꾸던 시절을 떠올렸다. 그러면서 우리가 꿈꾸는 일들이 모두 다 이루어지지 않는 것이 다행이라고 생각했다. 가끔씩 대학에서 공부하기 위해 집을 떠나 대도시로 가는 날도 머릿속에 그려 보았다. 낯선 도시에 살면서 낯선 사람들을 많이 사귀겠지. 나는 그날을 꿈꿨지만 동시에 두려움도 느꼈다. 내가 혼자 산책할 때면 나의 꿈과 두려움이 늘 함께했다. 하지만 페카의 발소리가 옆에서 들릴 때는 내 머릿속은 페카에 대한 생각으로 가득 찼다. 페카는 어떻게 될까? 언젠가는 가족의 도움 없이 혼자서 살아갈 수 있을까? 페카의 생각들은 대체 어디서 오는 거고, 그 애의 다른 가능성들은 어디에 있는 걸까?

페카는 내게 이런 질문을 자주 던졌다.

"무슨 생각 해?"

"이것저것."

"이것저것이 어디에 있는데?"

페카는 그렇게 되물으며 주위를 둘러보았다.

나는 웃음을 터뜨렸다.

"여기 내 주위에서 일어나는 일들이 이것이고, 그 밖에 여러 가지 다른 일들이 저것이지."

페카가 말했다.

"우린 늘 여기서만 살잖아."

"늘 그런 건 아니야. 모든 건 다 변하니까. 이것 좀 봐. 지금은 우리 발자국이 잘 보이지? 하지만 우리가 이 길로 다시 돌아올 때쯤이면 우리 발자국은 눈에 덮여서 더 이상 보이지 않을 거야. 그러면 아무도 우리가 이 길을 산책한 줄 모를 테지."

내 목소리는 슬펐다. 한숨이 나왔다.

페카가 말했다.

"상관없어. 우리가 여길 산책한 걸 남들이 알아야 하는 이유가 뭔데?"

나는 어깨를 으쓱했다. 우리는 계속해서 걸었다. 소리 없이 눈이 내리기 시작했다.

페카가 입을 열었다.

"달빛은 너무 으스스해."

내가 말했다.

"난 달빛이 좋아. 햇빛 아래서는 모든 게 너무 반짝거려서 사물을 제대로 볼 수가 없잖아. 달빛은 은은해. 은은한 빛을 받으면 생각이 더 잘 떠올라."

"하지만 해는 따뜻하잖아. 따뜻하면 꼭 생각을 하지 않아도 된단 말이야. 햇빛이 너무 눈부시면 눈을 감아 버릴 수도 있고. 그냥 풀밭에 누워서 꿈을 꾸면 되는 거야. 꿈꾸는 것도 생각하는 거나 마찬가지야. 하지만 꿈은 슬프지 않아."

내가 페카에게 물었다.

"생각은 슬프단 말이니?"

페카가 대답했다.

"달빛을 받으며 생각하는 건 사람을 슬프게 만드는 것 같아. 누난 지금 슬퍼 보이거든."

"무슨 소리야! 난 하나도 안 슬퍼."

나는 페카를 꼭 끌어안았다.

페카가 말했다.

"누나는 언젠가 집을 떠날 테지. 그러면 난 정말 슬플 거야."

"아이들은 언젠가는 모두 집을 떠나야 해."

페카가 대꾸했다.

"그럴지도 모르지. 떠나도 될 만큼 똑똑해지면 말이야."

"너도 똑똑해. 아주 똑똑하단 말이야. 네 총명함은 어쩌면 이 세상에서 비롯된 게 아닐지도 몰라!"

"그럼 대체 어디서 왔단 말이야?"

나는 답을 몰랐다.

우리가 집 앞에 도착하자 페카가 말했다.

"난 안 똑똑해. 하지만 상관없어. 어차피 난 뭐가 똑똑한 건지 모르니까."

눈이 계속 내렸다. 날씨는 점점 추워졌고, 낮은 점점 짧아졌다. 대신 밤이 점점 길어지면서 하루가 다르게 날이 어두워졌다. 하지만 집 안은 따뜻했다. 더욱이 우리가 가장 좋아하는 명절인 크리스마스에 대한 생각이 우리 마음속을 따뜻하게 덮혔다. 우리는 톱으로 나무를 자르고 대패질과 사포질을 해 매끈하게 다듬은 다음 그림을 그려 냄비 받침을 만들었다. 냄비 들개도 떴다. 그 두 가지는 엄마와 할머니에게 드릴 선물이었다. 아빠 선물은 낚시용 파리였다. 파리를 만드는 법은 간단했다. 새의 깃털을 아주 작게 잘라 아빠의 평범한 낚싯바늘에 꿰매면 끝이었다.

우리는 짚으로 별과 작은 천사도 만들었다. 그리고 우리가 받고 싶은 선물 목록을 적은 뒤 해마다 그랬던 것처럼 잔뜩 흥분해서 크리스마스를 기다렸다.

❖

크리스마스 날, 식탁 위에는 여러 가지 명절 음식 옆에 늘 그랬듯이 맛있는 크리스마스 돼지 구이가 올라와 있었다. 우리는 크리스마스 돼지 구이를 좋아했다. 하지만 올해는 식탁 위에 올라와 있는 돼지의 정체를 알고 있었다.

우리는 양심의 가책을 느끼며 서로를 바라보았다. 그것은 마티 오빠의 새끼 돼지, 몬트리올이었다.

아빠가 입을 열었다.

"애들아, 여태껏 너희들이 먹은 돼지도 다 이 세상에 살았던 돼지들이야. 그러니 너무 그러지들 마라. 앤 그동안 우리 집에서 행복하게 잘 살았잖니."

오스카리가 대꾸했다.

"짧은 삶이었죠!"

투오모도 원망스럽다는 듯이 한마디 거들었다.

"맞아요. 내년 여름엔 바깥에서 뛰어놀 수도 없어요."

페카가 맞장구를 쳤다.

"없고말고. 뛰어다니려면 다리가 있어야 하니까. 하지만 돼지들도 어쩌면 날고 싶어 할지 모르잖아? 나는 데는 두꺼운 다리랑 뚱뚱한 엉덩이는 필요 없어. 돼지들이 날아갈 때 몸뚱이는 안 가져갈 거야. 그냥 자기들의 조그만 영혼만 가지고 갈걸. 몬트리올은 제 몸뚱이가 더 이상 필요 없어서 우리한테 남겨 놓고 간 거야. 우리 앞에 놓인 이 맛있는 고기는 그저 추억일 뿐이라고. 돼지들은 정말 멋진 동물이야! 살아 있을 때는 우리를 즐겁게 해 주고, 죽어선 맛있잖아. 난 돼지들을 정말 사랑해!"

우리는 웃지 않을 수 없었다. 그러고 나자 올해의 크리스마스 돼지 구이도 맛있었다.

하지만 소니아는 돼지 구이를 입에 대지 않았다. 소니아가 말했다.

"난 친한 친구를 먹지는 않아!"

15

천천히 해가 길어지면서 날이 점점 더 밝아졌다. 4월이 되
자 눈이 녹고, 얼었던 연못에도 금이 갔다. 겨우내 따뜻한 나
라로 내려갔던 철새도 하나 둘 다시 돌아왔다. 햇빛이 내리
쬐자 갈색 땅이 여기저기 얼룩처럼 드러났고, 눈에 덮여 색
이 바랜 잔디도 곳곳에 모습을 나타냈다.

바야흐로 봄기운이 공기 중에 아른거리고 있었다.

우리는 5월 1일을 축하하기 위해 시내로 갔다(5월 1일은
가톨릭의 '성 발푸르기스의 날'이며 1902년부터는 노동절로도
기념되고 있다. 핀란드에서는 특히 이날을 봄의 시작으로 여겨
많은 사람들이 성대한 축제를 벌임 : 옮긴이). 오스카리, 투오
모, 소니아, 페카는 '바푸비우카'라고 하는 발푸르기스 부채

를 들었다. 우리는 여러 가지 빛깔의 종이를 가늘게 잘라 술을 만든 뒤 한쪽 끝을 가늘고 동그란 나무 막대에 동여매 발푸르기스 부채를 직접 만들었다.

오스카리의 부채는 핀란드 국기처럼 흰색과 파란색이었고, 투오모의 부채는 빨강, 노랑, 초록이 뒤섞여 있었다. 소니아는 흰색 습자지만 썼는데, 오빠들 부채 옆에 있으니 너무 눈에 띄지 않는다고 나중에서야 속상해했다. 페카는 있는 색깔을 모두 사용했다. 게다가 색색의 종이를 그냥 길게 자르기만 한 것이 아니라 새의 깃털 모양으로 오렸기 때문에 페카의 부채는 극락조처럼 보였다.

우리는 모두 일요 예배라도 가는 사람들 같았다. 소니아와 나는 가장 좋은 원피스를 입었고, 오스카리와 투오모와 페카도 가장 깨끗한 바지에 가장 덜 해진 셔츠 차림이었다. 심지어 야코한테까지 새 옷을 입혔고 유모차 앞에는 발푸르기스 부채를 매달아 주었다.

엄마와 할머니도 멋을 냈고, 아빠 역시 하나밖에 없는 밝은 색 바지를 입었다.

퍼레이드 행렬이 우리 앞을 지나갔다. 시청 광장에서는 어떤 남자가 노동절 연설을 하고 있었다. 나는 엄마, 아빠, 할머니와 함께 연설에 귀를 기울였다.

아빠는 연설자의 말에 공감하는지 가끔씩 고개를 끄덕였

다. 할머니는 마음에 들지 않는다는 듯이 고개를 저었고, 엄마는 연설자가 뭔가를 비꼬는 듯한 말을 할 때마다 큰 소리로 웃었다.

오스카리와 투오모와 페카는 부채를 흔들며 어서 연설이 끝나 약속한 대로 아이스크림을 먹을 수 있게 되기를 초조하게 기다렸다.

그때 어디선가 갑자기 돌이 하나 날아왔다. 사람들이 비명을 질렀다.

돌은 페카의 뒤통수를 때렸다. 페카는 소리 없이 그대로 고꾸라지고 말았다.

아빠가 외쳤다.

"구급차를 불러 줘요!"

몇 분 지나지 않아 구급차가 도착했다. 그날처럼 사람이 많이 모이는 날에는 구급차가 늘 근처에 대기하고 있었다.

할머니는 나중에 그 구급차가 노인들을 위해 대기하고 있던 거라고 설명해 주었다. 노동절이나 다른 경축일 행사 때 쓰러지는 노인이 많다면서.

"……흥분해서 그러지. 하지만 나는 이 무슨 팔잔지, 너희 어린것들 가운데 늘 픽픽 쓰러지는 애가 있어서 이 나이가 됐어도 맘 놓고 쓰러지지도 못하겠구나."

하지만 페카가 쓰러진 순간에는 그 누구도 무슨 말을 하려

들지 않았다. 우리도 입을 다물었다. 엄마와 아빠는 페카와 함께 병원으로 갔고, 할머니는 나와 투오모, 오스카리, 소니아, 야코를 데리고 집으로 돌아왔다.

침묵이 흘렀다. 우리 손에 들린 발푸르기스 부채는 슬픈 듯 술을 아래로 축 늘어뜨리고 흙먼지만 일으켰다. 화려함을 뽐내던 종이 술들이 하나 둘 찢겨 나가 땅바닥에 뒹굴었다. 멀쩡한 건 가장 화려했던 페카의 부채뿐이었다. 누군가 그것을 야코의 유모차에 넣어 둔 덕분이었다.

할머니가 한숨을 쉬었다.

"그 애를 이 세상에 붙들고 있기가 이렇게 힘들 줄은 정말 몰랐다! 아니, 하느님도 무심하시지. 안 그래도 그 애 인생길은 울퉁불퉁 돌투성인데, 그것도 모자라 이제는 아예 머리까지 돌로 맞아야 하냔 말이야."

우리는 슬프기도 하고 화도 났다. 대체 누가 무슨 이유로 돌을 던졌는지 궁금했다.

엄마와 아빠는 누군가 연설자를 맞히려고 돌을 던졌을 거라고 했다.

누가 던졌든 간에 돌은 페카를 맞혔고 페카는 뇌진탕으로 다시 병원에 누워 있었다.

내가 병문안을 가자 페카가 말했다.

"정신을 잃기 직전에 작은 새가 날아오는 걸 봤어. 돌이 새가 될 수 있다고 내가 늘 그랬잖아."

내가 분한 목소리로 말했다.

"그 돌이 새가 되지 말고 그냥 그대로 되돌아가서 그걸 던진 사람 머리를 때렸어야 하는 건데!"

페카가 웃으면서 물었다.

"누나 생각엔 세상이 다른 것 같아, 아니면 내가 다른 것 같아?"

"잘 모르겠어. 어쩌면 모든 게 우리가 생각하는 거랑 다른지도 모르지."

"어쨌거나 돌 때문에 머리에서 음악이 울리게 됐어."

내가 걱정이 돼서 물었다.

"귀에서 '윙' 하는 소리가 들리니?"

페카가 웃었다.

"아니, '윙' 하는 소리는 진짜 음악이 아니잖아. 머릿속에서 딩동대는 소리가 들려. 무슨 말인지 알겠어?"

나는 머릿속이 딩동댄다는 것이 어떤 건지 몰랐다.

"음악을 연주하고 싶어. 기타를 배울래. 안 그래도 마티 형이 기타를 치라고 선물로 갖다 줬잖아."

페카는 지금까지 경외심 어린 눈으로 기타를 그저 쳐다보기만 했고, 기껏해야 조심조심 기타 줄을 어루만지는 게 고작이었다.

❖

페카가 아빠의 재능을 물려받은 것으로 드러났다. 페카도 아빠처럼 악보 없이 음을 듣는 것만으로 악기를 연주할 수 있었다.

페카는 가끔 아빠와 함께 연주를 했다. 하지만 대개는 라디오에서 노래를 듣다가 마음에 드는 것이 있으면 그것을 연주하며 노래도 따라 불렀다. 페카는 미국이나 스웨덴 노래도 불렀다. 페카는 뜻을 모르면서도 외국어 가사를 외울 수 있었다. 내가 "가사를 번역해 줄까?" 하고 물으면 페카는 고개를 저었다.

"아니, 필요 없어. 무슨 노래인지 아는걸, 뭐. 난 사랑을 노래하고 있어."

페카는 직접 작곡도 했다. 짧고 경쾌한 곡도 있었지만 가사가 없는 길고 우수에 찬 곡도 있었다. 그런 곡을 연주할 때면 페카는 나직이 콧노래를 곁들였다.

아빠가 말했다.

"페카가 음악을 발견해서 얼마나 다행인지 모르겠어. 음악이 페카에게 큰 위로가 되어 줄 거야."

엄마가 덧붙였다.

"큰 기쁨도 되어 줄 거예요!"

그리고 새로운 가능성도 되어 줄 테지. 사랑한다고 말할 수 있는 또 하나의 가능성. 나는 그렇게 생각했다.

페카에게 음악과 노래가 생긴 뒤로 내가 산책을 가거나 시내에 갈 때 같이 가도 되느냐고 묻는 일이 적어졌다. 아무도 대답해 줄 수 없는 질문을 던지는 일도 드물어졌다.

나는 여름에 친구와 함께 핀란드 일주를 계획하고 있었다. 우리는 버스나 기차를 타고 다닐 만큼 돈이 없었기 때문에 히치하이크를 하기로 했다.

여행을 떠나던 날, 엄마가 단단히 당부했다.

"조심해야 한다."

아빠도 마찬가지였다.

"차에 올라타기 전에 사람을 잘 봐야 해, 알았지?"

할머니는 영 못 미더워했다.

"대체 누가 생판 모르는 사람을 자기 차에 태워 준단 말이야!"

오스카리도 할머니와 같은 생각이었다.

"아무도 안 태워 줄걸!"

투오모는 조금 달랐다.

"정신 나간 사람은 태워 줄 거야!"

우리는 서로 끌어안고 입을 맞추며 작별 인사를 했다. 목구멍이 꽉 막히는 느낌이 들었다.

내가 페카에게 작별 인사를 건네자 페카는 이렇게 인사했다.

"또 만나, 누나!"

나는 페카를 꼭 끌어안았다. 페카가 말을 이었다.

"다시 볼 거니까 또 만나자고 인사하는 거야. 내가 죽을까 봐 겁낼 필요 없어, 누나. 내 생각에 난 절대 안 죽을 것 같거든. 난 돌이 됐다가 새로 변할 거야. 밤이 돼서 달이 뜨고 그래서 슬픈 생각이 들면 지금 내가 한 말을 기억해. 그리고 혹시 돌에 맞더라도 겁먹지 마. 그건 막 새가 되려는 돌일지도 모르니까."

16

페카는 그 뒤로도 여러 해를 더 살았다. 페카가 저세상으로 갔을 때 우리는 작은 돌을 찾아서 무덤 위에 올려놔 주었다. 우리는 돌 위에 '네케민'이라고 새겨 넣었다. 그것은 '또 만나.'라는 뜻이었다.

옮긴이의 말

독일에서 이 책의 번역을 끝마쳤을 때 즈음, 나는 두바이에 살고 있는 친구한테 편지 한 통을 받았습니다. 편지 봉투 안에서 나온 건 '스탠리'와 편지 한 통. 스탠리는 《납작이가 된 스탠리》에 나오는 등장인물입니다. 벽에서 떨어진 게시판에 깔려 납작하게 됐다지요. 그래서 친구의 딸이 다니는 학교에서 이 납작이 스탠리를 편지 봉투에 넣어(납작하니까요!) 세계 여러 나라로 보내기로 했답니다. 각국의 풍물 사진을 모아 오도록 말입니다. 그러면서 한 마디 덧붙인 친구의 특별 부탁.

"독일에서 월드컵이 열리니까 월드컵 분위기 나는 사진도 한 장 있으면 좋겠어."

그런데 문제는 월드컵까지 아직 몇 달이 남아서인지 도무지 월드컵 분위기를 배경으로 사진을 찍을 수 없다는 거였습니다. 나는 편지 봉투를 타고 온 스탠리의 낯을 봐서라도, 또 사진이 친구의 마음에 들도록, 그리고 친구의 딸이 친구들 앞에서 으쓱하고 보여 줄 수 있도록 사진을 멋지게 합성할까

하다가 페카의 외침을 들었습니다.

"그럴 순 없어! 그럼 난 거짓말을 해야 한단 말이야. 난 사람들 기분 좋으라고 거짓말을 해야 하는 이유를 모르겠어."

페카의 맑고 깨끗한 영혼이 내게 인생의 한 수를 가르쳐 주는 순간이었습니다.

남의 마음에 들기 위해 자그마한 거짓말을 하거나, 자신을 돋보이기 위해 위선과 허세를 부리는 것. 우리가 살면서 얼마나 쉽게 범하는 어리석음인가요.

페카가 가르쳐 준 또 한 가지 가치는 사랑입니다. 자신의 가족과 친구는 물론이요, 할머니의 앞치마, 자신의 양말, 숲속의 나무들과 꽃, 엄마의 향기와 아빠의 수염, 그리고 언젠가 새가 되어 날아갈 돌멩이까지, 세상의 모든 창조물을 사랑하는 페카는 사랑을 하고 사랑을 받는 것이야말로 삶에서 가장 중요하다는 평범한 진리를 다시 한 번 일깨워 줍니다. 페카는 사랑으로 가족들에게 기쁨을 선사했고, 웬만해선 잘 웃지 않는다던 소니아의 얼굴에 웃음이 피어나게 했으며, 관용이라는 형태의 사랑으로 율레라는 친구를 얻었습니다.

이 책이 유독 여운을 남기는 것은 작가 마르야레나 렘브케의 글솜씨 때문입니다. 마르야레나 렘브케는 핀란드에서 태어났지만 독일로 간 뒤 독일어로 작품 활동을 하고 있는 작가입니다. 핀란드 사람들은 침묵 속에서 편안함을 느끼며 진짜로 무언가 할 말이 있는 경우에만 조용하고 간결하게 말한다는 글을 읽은 적이 있는데, 그래서인지 독일어로 쓰여진 렘브케의 작품에서도 이러한 소란스럽지 않은 편안함과 잔잔함이 짙게 배어 있습니다. 그러면서도 가난, 고통, 병, 희망, 절망, 행복 들의 이야기들이 섬세하면서도 유쾌하게 담겨 있지요. 특히 렘브케는 페카의 장애를 크게 들추는 법 없이, 페카의 '다름'을 '특별함'으로 따뜻하게 그려 내어 사랑스러운 한 영혼의 아름다움을 진솔하게 담았습니다.

우리는 레나의 기억을 통해 한 가족을 만났습니다. 그리고 한 가족의 다양한 감정 변화와 삶의 어려움도 함께 겪었습니다. 이제 마음속에 뭔가 잔잔히 퍼지는 게 느껴지는 것 같습니다. 페카의 맑은 정신세계와 가족들 간에 피어나는 진한 사랑이요.

여러분, 사랑해요.

김영진